現在，依然想念妳

いまも、君を想う

川本三郎 著

賴明珠 譯

目次

孤家寡人，卻多兩隻街貓

我正傷腦筋，撿來的兩隻街貓該怎麼辦才好？有誰願意領養嗎？每次遇到喜歡貓的人，我都會這樣問，但他們一聽說是街貓，混種的，全都退縮了。年過六十的人要養兩隻街貓（不，現在已經不是街貓，是家貓了），相當辛苦。如果模仿永井荷風的俳句「孤家寡人卻多一個西瓜」，我的情況就會是「孤家寡人卻多兩隻街貓」。

那是六年前的事了。

每天晚上吃過晚飯後，我會到外面散步一個小時左右。建議我這樣做的是和田誠先生。

有一天，我見到和田先生，發現他比平常看起來神清氣爽。剛開始還以為他是不是生了一場病，但他說：「我只是瘦身成功了。」聽醫師的勸告，晚飯後散步一小時左右，一晃眼就瘦下來了。

我決定效法他。果然有效，一個月後，原來六十五公斤的體重降到六十公斤。不過，之後就不再減少了。

散步途中，一定會經過T公園，是個依然保留著武藏野原有自然生態雜木林的幽深公園。一天夜晚，我發現這裡有好幾隻街貓。

可能有人悄悄來餵牠們。後來，我遇見來餵食的中年女人。因為同樣喜歡貓，我試著開口探問，她表示，一年三百六十五天，每天都到公園來餵貓。而且是從一公里外騎腳踏車來，不是隨便玩玩，是認真的。

這位姓S的女士說，她把每一隻街貓都帶去看獸醫，讓牠們接受結紮和節育手術。

真正喜歡貓的人，就應該是這樣的人吶！真令我佩服。此後，我也學她，開始去餵貓。

我變成餵貓的大叔了。有些夜晚，因為去喝酒晚回家，就會非常擔心那些貓。即便接近午夜也還是會去散步，去餵貓。旅行時也會擔心，漸漸就減少了出門旅行的次數，即使出門也頂多住一夜。就算想到有S女士在，應該沒問題，還是會覺得不去的話對不起那些貓。

不久之後，有一隻雪白的貓（公貓，已結紮）好像特別親近我。平常躲在樹林裡，只要我吹起口哨，牠就會從什麼地方現身出來。

餵完貓要回家時，白貓竟然跟在我後面走，要趕走牠可不容易。下大雨的日子，開始擔心那隻貓不知怎麼樣了。雨中到公園去看看時，流過公園的神田川上架著一座小橋，那隻貓正躲在橋下避雨。

看到那副模樣時覺得好可憐，想抱起來。但有一個問題。

其實，我們家已經有一隻養了十年以上的暹羅貓（公貓），特別黏我內人。內人也很寵牠。

難得一隻獨大，正舒舒服服地過著日子，突然出現另一隻陌生的街貓，而且也是公貓，牠一定很難接受。我提出後，內人果然大為反對。這也難怪。

季節從秋天逐漸轉入冬天。今後公園會更加寒冷。那隻白貓能熬得過嚴冬嗎？白貓似乎原是有人飼養的家貓，被遺棄到街頭，比別的貓親近人，不像生來就是街貓的樣子。這個冬天對白貓來說是第一個冬天。

我擔心得不得了。十一月寒冷的夜晚，終於下定決心。

我原本就在家附近租了一間小公寓放書和電影資料，我決定養在那裡，這樣的話內人就不反對。「只是，飼料和貓沙的更換絕對要由你自己負責噢。」一斬釘截鐵地說好。本來就是我主張要做的，所以這也理所當然。

那天夜晚，我提著籐編的貓籠，出門去帶貓回家。可能察覺到我的心情了，白貓在橋頭等著我。我走近時，牠就撒嬌地翻身露出肚子來。不用說，動物的肚子，是全身上下是最柔軟而脆弱的地方。讓你看這裡，表示這隻貓對我毫無戒心，甚至在對我撒嬌了。

在把白貓放進籠子的時候，S女士出現了。「啊，你願意收養牠了。」彷彿是她自己的事情般非常開心。到這裡為止還算好，但S女士的腳邊跟了另一隻焦茶色的街貓（母貓，做過節育手術），牠和白貓感情很好，經常在一起。S女士看著牠，說：「把這隻也帶去吧。」她說這話時，有一股不容推辭的力量。或許我也有著好強的心思，一回神，這隻貓也進到籠子裡了。不得了，沒料到會一下子養兩隻。

從此以後，每天照顧兩隻貓的日子開始了。長年飼養的暹羅貓是本宅的貓，後來的兩隻則是公寓別宅的貓。我變成所謂的「火宅之人」[1]了。每天早晨和黃昏，好像在隱瞞本宅的暹羅貓似的，到別宅去餵食。有時就在別宅過夜。回到家時，或許身上有其他貓的氣味吧，暹羅貓總是往我身上東嗅西嗅，明顯露出不高興的神情。我的心情就像是悄悄去和情人幽會回來的丈夫似的。

白色那隻貓，好像本來就是被飼養的家貓。但焦茶色那隻則像是天生的街貓，不太適應公寓生活，花了好多功夫才教會牠如何上廁所。好幾本書都被弄得亂七八糟。

啊，我不知道後悔過多少次，真不該收留這隻的。雖然如此，因為是不顧內人反對而做的決定，所以也不能抱怨。要是把這隻送回公園，S女士不知道會多生氣。

別宅是三層樓公寓的三樓邊間，焦茶色那隻貓到目前為止已經從這裡逃出去過兩次。

1.《火宅之人》是一九八六年上映，由深作欣二執導的電影，主角因為不倫戀，夾在本宅和別宅間，內心焦躁憂煩有如著火屋宅一般。

一次是在我打開門的瞬間，牠「啪」一下衝出門外。我想牠大概是逃回公園去了，但找了半天卻不見蹤影。

可能跑去什麼地方了。放棄再找，過了大約三天後，夜晚我去餵白貓時，從公寓庭園植栽的地方傳出貓的叫聲，正是焦茶色那隻。

可能離家出走後沒有食物可吃吧，沒辦法只好又回來。叫牠，牠便無精打采地悄悄靠過來。總算平安回來了。

應該學到教訓了。但大約兩年後，牠再度離家出走。有一天我到公寓去時，只見白貓，不見焦茶色那隻，找遍了屋裡都找不著。

這一次也經過大約三天後，才在公寓的植栽下看到牠，到現在仍然不知道牠是怎麼溜出去的。

只能想到可能是從三樓的陽台跳下去的。真可憐，那麼討厭被養在屋裡嗎？但出去外面又活不下去，沒辦法。

二〇〇六年二月，本宅的暹羅貓死了。

十七歲，是長壽了，我們覺得應該算以天壽終，這是我們家的第四隻貓。

回想我們家的貓，最早是結婚後立刻養了一對暹羅貓。其中的母貓，小時候洗澡時溺水而死。每回想起，至今都感覺愧疚。

第三隻來到家裡的是隻黑貓（母貓），暹羅貓和黑貓，我們與這兩隻生活了很長一段時間。因為沒有小孩，我和內人都很疼愛貓。貓維繫著我們夫婦感情的和睦。

暹羅貓特別可愛，我和內人開玩笑假裝吵架時，牠會撲到我身上來阻止我。十四年後，暹羅貓死去，不久黑貓也隨之而逝。

十七歲的暹羅貓接著到來，這隻貓也很可愛。我讓牠在《太陽》雜誌一九九七年五月號「貓與作家的故事」（猫と作家の物語）特輯中出場，很高興由專業攝影師為我們拍了照片。

這隻貓特別黏內人。內人只不過到附近去買個東西，牠都要喵喵叫「不要去」。夜晚會擺出簡直像一家之主的臉色，和內人一起睡。

二〇〇八年六月內人因為食道癌去世，或許，是這隻暹羅貓覺得寂寞，把內人喚去的。

二〇〇七年，發生了一件悲傷的事。

癌症手術後，一度出院回家的內人說要再養貓。於是我們到附近的寵物店去，依照內人的希望買了一隻阿比西尼亞貓。

是一隻活潑的公貓，只要是醒著的時候就會滿屋子到處跑，好像活著真開心似的蹦蹦跳跳。然而入夏之後，突然變得無精打采。帶去看獸醫，醫生說得了某種不治之症，到秋天就死了。只不過半年的生命。內人正在和癌症苦鬥，尤其悲傷，感受到不祥的預兆。

終於，內人在二〇〇八年六月撒手人寰，比我年輕七歲的內人竟然這麼早就離我而去。

大家都不在了，只有從公園撿回來的白貓和焦茶色貓還好好地活著，總覺得怪怪的。

雖然想過把牠們帶回本宅，但想到已經死去的暹羅貓和阿比西尼亞貓，尤其是內人，就還是把這兩隻留在別宅。

現在依然每天到公寓去餵牠們。

一邊想著：不知有誰願意領養牠們？不過最近，焦茶色這隻也漸漸適應，變得相當可愛了。

內人川本惠子於二〇〇八年，五十七歲辭世

日常生活中的時尚與小嗜好

今年冬天也和往年一樣，我以黑色和深藍色兩件毛大衣過冬。整個冬季都以同樣的大衣度過。

這樣穿已經六年了，我很喜歡。這是Donna Karan的大衣，內人先是在特賣會時為我買了黑色款。

穿起來真的很舒服，那個冬天我每天都穿，內人很快又買了一件，同樣Donna Karan的，這次是深藍色款，同樣也在特賣會買的。

好東西要有兩件，這是內人的想法。喜歡的衣服連著穿，很快就會舊，買兩件可以換著穿。她說這樣一來，兩件都可以經久耐穿，常保如新。原來如此，我想。

鞋子也一樣。

幾年前，在ABC-MART網站買的MERRELL戶外運動鞋，設計好又耐穿，我每天都穿。之後，內人很快又幫我買了同款式、顏色稍微不同的鞋，讓我兩雙交替著穿。幸虧這樣，到現在兩雙都還能穿，和毛料大衣也很搭。

Donna Karan是內人喜歡的品牌之一，衣櫥裡我的大衣旁也掛著內人的大衣。只是，穿它的主人不在了。

內人川本惠子，於二〇〇八年六月十七日凌晨，歷經三年與病痛的苦鬥後，因食道癌去世。她比我小七歲，才五十七歲。我和岳母，也就是內人的母親照顧她臨終。

聽說食道癌的患者會很痛苦，所以我很擔心，自二〇〇七年一月手術完後，就改採漢方醫學[2]治療，或許因為這樣，痛苦似乎比較減輕。

在御茶水的順天堂醫院住院時，無論是主治醫師還是護士們都很驚訝，說難得看到食道癌患者這麼少疼痛。

最後也像睡著般離去，那成為唯一的救贖。

內人從事的是時尚評論工作。昭和二十六年（一九五一年）生於愛知縣一宮市。一宮市在昭和三十年代以纖維小鎮聞名，她的娘家也是做纖維工廠的。

因此她從小就對流行的世界深感興趣。在纖維工廠出生和成長，讓她對材質非常熟悉。一談到服裝，她不僅重視設計，更會關心材質。

在電影《西城故事》（*West Side Story*）中，出現喬治・卻克里斯（George Chakiris）等一群紐約年輕人穿著牛仔裝輕快跳舞的畫面，就是內人告訴我，他們穿的其實是以特別柔軟的彈性材質訂製而成的牛仔裝。

我的衣服全都是內人幫我挑選的。幾乎沒有流行嗅覺的我，如果自己買的話，想必會讓人看不下去。

結婚三十五年間，衣服完全交給內人打理。偶爾我接受雜誌採訪或旅行報導需要拍照時，也是內人幫我搭配衣服。

內人已去世半年。

沒有人會幫我出主意了。我現在的服裝，一定變成毫無品味的可怕模樣了。

一起搭電車出門時，內人常常會這樣考我。

「這個車廂裡的女乘客中，你覺得誰最會穿衣服？你小聲告訴我。」

2．日本的傳統醫學，在中醫的基礎上發展而來。

內人川本惠子於二〇〇八年，五十七歲辭世

我說，那個穿著好像很貴的名牌衣服的女人。內人卻令人意外地說，是那個穿著黑色高領衫，套一件好似舊衣服般綠色薄襯衫的年輕女孩。經她這麼一說，確實那個短髮女孩一身俐落，看上去清爽宜人。

有一陣子女學生流行寬鬆的襪子，在我看來很邋遢，內人卻說，那樣的打扮很配十幾歲女孩的青春氣息，也令我感到意外。

四十幾歲時，我比現在胖，臉也圓滾滾的。

因此經常有人說我像漫畫家赤塚不二夫或男演員谷啟。說得好聽是像布偶臉，說得不好聽是像漫畫臉。

有一年夏天，內人買了夏威夷衫回來給我，上面有著鳳梨圖紋。「這太花了，我不想穿。」我說。「你呀，人家說你像漫畫臉，你生氣了吧。夏威夷衫與其美男子穿，不如風趣的人穿起來更搭配喔。像亞蘭・德倫（Alain

Delon）那樣的大帥哥就不適合，對吧？」沒想到她以這種方式鼓勵我。

中年男人穿夏威夷衫——姑且抱著當作被騙的心態，穿穿看吧。沒想到舒服好穿。有一次，一個年輕女編輯說：「您穿夏威夷衫很有型唷。」另一位年輕女插畫家則在盛夏問候信中畫了鳳梨的圖，並寫道：「您很適合穿夏威夷衫喔。」

於是我心情大好，每年一到夏天，就一定會穿起涼快的夏威夷衫。

內人笑著說：「所以我就說，夏威夷衫最適合你嘛。」

這樣的內人，曾經被我惹得非常生氣。

有一家出版社的攝影雜誌中有一頁「我的入浴時間」連載照片專欄，每次刊登不同文字工作者的入浴畫面。我的照片被內人數落：「你以為有誰想看你入浴的樣子嗎？」其實我原本是想婉拒的，但對方是幫過我的編輯，在我之前也已經有我尊敬的作家先登場了，因此沒有深入思考就答應了，在附近的澡堂被拍了照片。

雜誌寄來，翻開那頁嚇了一跳。過去登場的人全都泡在浴池裡只露出臉，我卻一反常態坐在水龍頭前的椅子上。也就是說，雖然前面用毛巾遮住了，但幾乎全裸。一個中年男子醜陋的裸體全部暴露出來。

這可糟了。心裡想對編輯抗議：「那樣的照片怎麼能登！」但既然拍攝時沒說不要，事後也沒辦法。何況粗心大意的本人，雖然赤身裸體卻還笑嘻嘻的，這下要抗議也沒說服力，只能算了。

內人看到照片，非常憤怒。她平常總是沉著冷靜，即使我對其他女人有好感，稍微靠近，她也會說：「反正你會被人家拋棄。」這樣八風吹不動的內人，只有這次撂了重話：「做這種事，真丟臉。」好一陣子不跟我說話。身為時尚工作者，無法容許丈夫的裸體曝光吧。我一直反省至今。

二〇〇四年，我來到六十歲。

已經六十歲了，從今以後要穿得樸素一點，樸素是純粹的極致。我這樣說時，內人卻說，其實年齡愈大才愈適合穿紅色。

當然，鮮紅不行，但不妨在某個細節加進一點紅色。這麼說來，以前我見到敬愛的作家野口富士男先生時，八十歲左右的他穿著深藍色毛衣，脖子上圍著一條若隱若現的紅色圍巾。真佩服他懂穿著。

我在內人的建議下，穿在深藍色西裝外套裡的襯衫，盡可能帶有紅色的細節。確實感覺比較年輕。穿在西裝外套裡的襯衫稱為打底衫，這也是內人教我的。

什麼叫做懂得穿著？有一次我問內人，她回答說：

「例如，有些人要去附近寄個信，也會換下家居服，改穿外出服。」

內人川本惠子於二〇〇八年，五十七歲辭世

我想，原來如此。

夏天炎熱的時候，在家裡多半輕鬆地穿著短褲和T恤。要去寄信，就那樣子出門了。

內人提醒我，那樣不算會穿衣服，可說是邋遢。她還說：

「年輕人穿T恤搭短褲就很好，因為年輕的肌膚很有彈性。相對之下，上了年紀後，肌膚會失去彈性，就變醜了，所以夏天最好把肌膚遮起來。」

聽她這麼說之後，我去附近寄信時也會換上牛仔褲，並在T恤外再套一件長袖牛仔襯衫。

內人喜歡銀座七丁目資生堂的 The Ginza，衣服多在這裡買，香水也是。

我六十歲生日時，相熟的年輕編輯和電影公司的人來為我慶生，大多是女性。

該送什麼當回禮才好呢？我想到清酒杯或大啤酒杯，內人卻毫不猶豫地說：「香水。」「女孩子收到香水沒有不喜歡的。」於是內人幫我安排，由The Ginza為每位女士寄一份Serge Lutens香水當回禮。

二〇〇七年一月手術後，停止用抗癌劑，改以漢方醫學進行治療。請過兩位醫師看診。第一位醫師的診所在銀座，每星期一次回診後，我倆以能在銀座散步為樂。那時候還有體力散步。

夏季的某一天，我們經過The Ginza，內人買了喜歡的衣服。那是她最後一次購物。

不，還有一次。

內人去世後，壽衣的挑選，請內人熟識的T女士幫忙，選了有潔淨感的白色款式。

喪禮結束後，我收到T女士寄來的慰問信。居然是資生堂將撤除服飾部門，從T女士以下，門市的職員近期都將離職。因為是在內人過世之後決定的，幸虧她沒有聽到這個消息——T女士在信中以這句做為結語。

前幾天到銀座時，走到 The Ginza 去看看。內人喜歡的那一棟已經關閉了，據說為了改建，不久後將會拆除。

住三鷹的新婚時期

最近，偶爾會去三鷹。

三鷹站北口有武藏野市民文化會館，南口有「三鷹市藝術文化中心・風之廳」（三鷹市芸術文化センター・風のホール），我常會去聽那裡舉辦的古典音樂會。

即使是同一位演奏者，這裡的票價也比市中心的音樂會便宜多了，可能是因為離市中心比較遠吧。我住在井之頭線的濱田山站附近，因此到哪裡的音樂廳都比去市中心不花時間，反而能以輕鬆的心情，像到隔壁站去散步般前往。

前幾天，去風之廳聽小山實稚惠女士的鋼琴演奏會時，因為時間還早，便到附近的下連雀走走。

下連雀九丁目的三鷹珍珠公寓大廈。

我和內人結婚之初住過，是一棟八層樓的小型公寓大廈。我們住在五樓，是兩房兩廳、朝東南的邊間。這是私人蓋的建築，那家人也住在這裡，是一棟滿有家庭氣氛的溫馨住宅。

一九七三年，那時候周圍還有農田，初春時節強風吹起時，沙子飛進室內，到處沙沙的。附近很少高樓，八層樓看起來已經很高了。

從三鷹車站走路大約二十分鐘，那天是冬季的黃昏，意料之外地溫暖，很快就走到了。公寓還在，只是周圍出現了高樓，原來的公寓看起來比以前小了些。

從這棟公寓大廈開始，後來搬了三次家，大約二十年前，才在現在這個離濱田山車站走路約五、六分鐘的地方安頓下來。

雖然住過四間公寓，不過四間中三鷹這間的印象最深刻。因為是婚後第一個定居的地方。

我們一九七三年結婚。

我一九六九年進入朝日新聞社，隸屬於《週刊朝日》，後來擔任《朝日Journal》的記者。當時各大學正掀起全共鬥運動，我為了採訪而到武藏野美術大學去時，遇見了當時二年級的她。她說雖然認同全共鬥運動，但自已並不參與活動，她想從事服裝設計的工作。

後來我們開始熟悉，交往。其間，一九七二年一月，我在一次公安事件的採訪過程中犯下致命的過錯，被警察逮捕，不得不放棄報社工作。

往後不知道會怎麼樣，也不知道該怎麼活下去才好，實在不是可以結婚的處境。雖然已經約定好要結婚，但發生了這樣的事，我對她說想解除婚約。她說：「我並不是要跟朝日新聞社結婚。」明知道會很辛苦，她想結婚的心意卻未動搖。當時我二十七歲，二月出生的她二十一歲。那麼年輕，居然能這麼果決，我想。

我也很感謝容許女兒跟我結婚的岳父母。天下父母心，當女兒說要和被警察逮捕、被公司開除，前途未卜的男人結婚時，應該多半會反對吧。他們想必猶豫過。

儘管如此，最後還是同意我們結婚，而且在購置三鷹的公寓時，經濟上還支援過我們。實在很感謝。

內人去世的兩天前，可能已經意識不清了，看著我的臉卻叫錯成「媽媽」。我想她是想見母親，便立刻打電話到愛知縣一宮市的內人娘家，請岳母過來。過去也曾幾次到順天堂醫院來探視女兒的岳母，就像之前每次那樣，靜靜地陪在她身旁。

結婚經過三十五年了，最後丈夫還是不如母親重要，令我揪心。即便如此，還是很感激能有岳母一起照顧她。如果自己一個人的話，真不知道最後的瞬間我能不能承受得住。

從朝日新聞社離職後，經過朋友的介紹，我被一家編輯工作室收留。老實說，工作很無趣，我開始在工作之餘寫點電影評論和文藝評論，這方面我比較用心，但還無法賴以維生。無所事事的日子繼續著。

強烈建議我寫東西的是大學時期的同班同學，現正以評論家、思想家身分活躍著的松本健一。

他大學畢業後一開始也在公司上班，但想以寫作為業。於是下班後立刻回家，吃過晚飯早早上床睡覺，隔天清晨即起，面對書桌開始寫。這樣的紀

內人川本惠子於二〇〇八年，五十七歲辭世

律讓他年紀輕輕就享譽評論界。

我下定決心要向他學習，但並不是那麼容易。

內人在流行服飾公司就職，開始從事設計工作。雖說是公司，但只是所謂的「公寓工廠」，在青山一帶的公寓裡，一家類似家庭工廠的小公司。因為員工人數少所以工作很忙，經常比我晚回家。雖然如此，喜歡下廚的內人總是早早起床，準備兩人份的便當。

提到便當，內人去世後，我收到一位陌生女子的慰問信。內人從四十歲前後開始積極地學潛水。

來信的女子自稱是內人潛水的同學，告訴我許多與內人有關的回憶。包括有一次，他們一起參加為期幾天的潛水講習課，在那期間內人每天都帶便當，還說也給丈夫做了一份。

住在三鷹的新婚時期，我們很喜歡在星期六到附近散步。

經常去的是附近的深大寺和神代植物公園，以及吉祥寺的井之頭公園。

內人來到東京後，成為武藏野美術大學的學生，和同學一起住在吉祥寺的公寓裡。或許因為這樣吧，她非常喜歡這一帶。

在井之頭公園的池畔散步後，再到動物園去。內人說，學生時期就常常到這裡來，畫動物的寫生。

因為沒有小孩，中年後，生活稍微有了點餘裕，兩人經常出去旅行。

最後一趟旅行是二〇〇六年夏天，北海道的旭山動物園之行。這是喜歡動物的內人想去的，看到北極熊和紅毛猩猩太高興了，她尤其特別喜歡一種叫做鬼天竺鼠或水豚的動物，看起來像老鼠放大的樣子，我們第一次看到這種動物。每當朋友問起旭山動物園有什麼好看時，內人一定會說水豚。

內人川本惠子於二〇〇八年，五十七歲辭世

那個夏天在旅途中，內人吃東西時常常嚥不下去，她說東西會卡在喉嚨，難以吞嚥。到了秋天變得愈來愈嚴重，十月到醫院檢查，才知道是食道癌。

新婚時，去井之頭公園或動物園，或神代植物園，回程時在外面用餐也是樂趣之一，算是每個月兩、三次的奢侈。

不過年輕時吃不起貴的東西。其實我們公寓一樓有家壽司店，但我們一次也沒進去過。

常去的是南口中央路上，介於三鷹站和公寓中間的小店。一家由老闆夫婦兩人包辦內外場的小燒肉店。

我們以啤酒乾杯，吃燒肉。因為年輕，覺得燒肉很美味。幾次之後，店主夫婦認得了，還會優待我們多給一點肉。

有一次，內人發高燒病倒了，平常不會做菜的我，多虧這家店大方的老闆娘送我熱湯，幫了大忙。

結婚第四年，我決心成為自由作家。正好筑摩書房出版了我的電影隨筆集《朝日般清爽》（朝日のようにさわやかに），冬樹社（現在已不存在）出版了我的文藝評論集《活在同時代的「心情」》（同時代を生きる「気分」），我想正是好時機。

雖然不知道未來會怎樣，總之，靠一枝筆活下去吧。儘管沒有自信，但以自己喜歡的事情當工作是最好不過的了。

內人也贊成。

「因為，看你每天早上要去公司時，臉色總是很黯淡。決心辭職後臉色就變明朗了。」

內人也在上班，經濟上形成一大支柱，確實令我心安不少。幾年後內人也辭掉公司的職務，開始寫時尚評論。

成為自由工作者後，每天都很快樂。經濟上雖然不寬裕，但三月申報所得稅時，因為收入少，還能有一筆退稅。對自由工作者來說，等於是一筆獎金。得意忘形的我提議說：「我們到樓下的壽司店去吃一頓吧。」金錢觀念比我好的內人卻說：「不行，那家店對我們還太奢侈。」還是只能到平常去的燒肉店去。

現在回首，三十五年間外食中最美味的，還是那家店的啤酒和燒肉。內人去世那天，護理師對我說：「患者到最後一刻耳朵還是聽得很清楚，所以，請跟你太太說說話吧。」

我把椅子搬到床邊，坐下來，握著她的手對她說：「住在三鷹那時候，好快樂啊。」還說燒肉也好好吃。

前幾天經過時，燒肉店已經不在了。

兩好球，無壞球，保持微笑就不會輸

職業棒球的播報方式最近改了，改成像美國職業棒球大聯盟（Major League Baseball）那樣，先報壞球再報好球，變成 three ball, two strike。這對小時候習慣說「two・three」的世代來說會很困惑。

年紀大的長輩可能還記得，昭和三十年代中期，ＮＨＫ電視台有《全壘打教室》（ホームラン教室）這個兒童節目。

這是描寫喜歡棒球的孩子們的電視劇（高垣葵原作及腳本撰寫），兒童主角由小柳徹主演。那是我初中、高中時代的事，當時我常看那節目。

主題曲的歌詞中有這樣一句：

「兩好球，無壞球，保持微笑就不會輸。」

要考試了，卻還沒複習完，緊張不已時，經常會唱：「兩好球，無壞球……」

但改成像美國職棒大聯盟的壞球先報之後，這首歌就沒法唱了。

我和內人開始熟悉就是因為《全壘打教室》的主題曲。認識內人，是在我當《朝日Journal》記者的一九七一年。那時，學運持續進行中，但聲勢已減弱，我到內人就讀的、位在小平市的武藏野美術大學校園去採訪。

學生們對學運是怎麼想的，我問了幾個人，其中一位是大塚惠子。我報上姓名說自己是週刊雜誌的記者時，很多學生只會「哦」一聲，不看在眼裡，但她卻對我感興趣。我提出問題採訪她，她也會提出問題反問我。

你對學運有什麼看法？你對越南戰爭有什麼看法？昭和四十六年（一九七一年）春天，東大安田講堂事件後經過兩年，大學校園還留有激昂的氣息。

我見到她時，老實說，心動了。怎麼說，雖然瘦瘦的，但不知道為什麼透著一股精靈般的氣質。我違背了採訪守則，問出她的姓名和住址。她在吉祥寺和一位同學分租公寓的一個房間。

我發現自己忘不了她。

有一次，跟學長們在有樂町喝酒時，有點醉了，說出其實自己喜歡一個女孩子。一個很有男子氣概、頗受學弟們崇拜的K學長便大聲說：

「既然有那麼喜歡的女孩子，還在這裡喝什麼？現在馬上就到那個女孩住的地方去呀！」

像被那句話推動似的，便一鼓作氣招了計程車飛奔到吉祥寺她的住處。從那之後兩人開始交往，因此K學長是大恩人，但這位豪爽的前輩不久後竟然得病，年紀輕輕就過世了。

二十六歲的週刊記者，和二十歲的美術大學學生約會了幾次。我那時和家人住在中央線的阿佐谷，她家則是在愛知縣的一宮市，隻身離家到東京來，住在吉祥寺。自然，見面的地方多半在中央線沿線。

有一次，我鼓起勇氣邀她到居酒屋，她很高興地答應。沒想到她酒量很好，兩個人就從阿佐谷、荻窪、西荻窪、吉祥寺一路尋覓好的居酒屋。至此已經將近四十年，可惜一起去過的店現在幾乎都消失了，覺得好寂寞。

有一次，忘了是什麼原因聊到《全壘打教室》，我唱起主題歌「兩好球，無壞球」，她接著唱「保持微笑就不會輸」，沒想到她也看《全壘打教室》。

其實，這齣劇中飾演小柳徹等小學生的老師，名為富田浩太郎的演員，是我的姊夫——我二姊的丈夫，他是民藝劇團和青俳劇團的演員。

因此我特別喜歡這個節目和主題曲，而且很得意地說：「那位演老師的富田浩太郎是我的兄長。」

她大吃一驚。不過對我來說，是不太喜歡的吃驚方式。

「那位老師長得很帥耶，完全不像嘛。」

我說明是姊夫，她才明白。姊夫也在電視劇《少年偵探團》中飾演明智小五郎的角色，一提到這個她立刻又唱起：「我、我、我們是少年偵探團……」因為這樣，多了幾分好感，七歲的年齡差距也就不在意了。

反倒是內人明明比我小七歲，但因為是長女（下面有兩個弟弟），比起五個兄弟姊妹中老么的我，顯得穩重多了。

決定結婚的時候，我卻因為採訪工作而涉入一起公安事件，遭到逮捕，被迫辭職。這件事幾乎沒有影響她對我的態度，反倒是我開始軟弱，她還以「兩好球，無壞球」來鼓勵我。

在我和她交往的一九七一年到七二年間，我成為警察鎖定的目標。正如前述公安事件，我秉持著「隱匿消息來源」的立場，沒有協助警方，沒有提供情報。報社的社會線是站在協助警方那一邊，我卻不配合，社會線嚴厲批判「《朝日Journal》是不馴的異類」，報紙上也刊出如果真有其事，可能會被逮捕的消息。

我沒有向她說明事情經過。一方面不想讓她擔心，也認為說了只會被她討厭。因此一九七二年一月我被逮捕時，我想她一定非常驚訝。

只有一次，有過這樣的事情。

我們聊到賈利．古柏（Gary Cooper）主演的西部片《日正當中》（*High Noon*）時，我說那是我最喜歡的電影。

電影中賈利．古柏所飾演的警長，必須獨自應戰四個前來復仇的惡棍槍手，而且是在他結婚典禮當天。他向村民求助，但誰都不願意幫忙，還勸他跟太太逃走。

最後只有古柏一人和四個敵人交戰，我覺得那場孤獨之戰很帥，但內人說，站在新娘葛麗絲・凱莉（Grace Patricia Kelly）的立場時，就沒辦法一概稱讚古柏了。這讓我領悟到女性的不同觀點。關於《日正當中》我還是第一次聽到這樣的意見。

回頭細想，我處理這件事的態度或許太一廂情願也說不定。何況，古柏勝利了，我卻慘敗了。

雖然如此，那件事之後她並未變心，依然對我不離不棄，我非常感激。

二〇〇六年夏天，在獲知罹患癌症前，我們到北海道去旅行。住在札幌的年輕畫家朋友松本和伸先生開車帶我們到旭山動物園和富良野去，並為我們導覽。

夜晚，三個人在旅館喝酒時，年輕的松本先生問我們是怎麼認識、怎麼結婚的。可能是有點醉意了吧，內人笑著說：「那時候他孤身一人，沒辦法拋棄他啊。」這麼說來，《日正當中》的新娘葛麗絲．凱莉也一度拋棄丈夫準備搭火車離開，但一聽到槍聲響起，又急忙從火車上跳下來，穿著白色禮服跑回村子幫助丈夫。

原來如此，那時候她是懷著葛麗絲．凱莉的心情啊，我第一次明白。於是比以前更喜歡《日正當中》了。

還有一件事情也很感謝她。

剛開始成為自由作家的三十出頭時，我曾匿名為一本雜誌寫影評專欄。匿名的好處是，可以毫不顧忌地批判電影。那副自以為了不起的樣子，現在想起來有點汗顏。

有一次，內人說：

「匿名寫人家的壞話不太好吧。你不是經常說，西部片裡的壞人，會對手無寸鐵的對手開槍。這不是跟他一樣嗎？」

這對喜歡西部片的我是很強烈的指摘。我想確實沒錯。從此以後，我只寫喜歡的電影、優秀電影的影評。

文藝評論也一樣。仔細想想，年輕時我非常傾倒的德國文學學者種村季弘先生和法國文學學者澁澤龍彥先生也只寫自己喜歡的東西。

這樣好，我也決心這麼做。從此以後，這就成為我寫的評論的態度了。那時候，如果沒有被內人那樣提醒的話，恐怕就不會這樣了。

葛麗絲．凱莉以「酷美人（cool beauty）」聞名，內人確實也很酷，很冷靜，經常訝異於我的易怒。

「你怎麼動不動就生氣呢？這樣器量會變得狹小唷。」她經常這樣開導我。有一陣子血壓飆高被醫師提醒時，她也笑著說：「因為你經常生氣呀。」

內人過世後的現在，我可能一不小心又會像以前那樣容易生氣了。

內人川本惠子於二〇〇八年，五十七歲辭世

二〇〇八年六月去世的她，在一月之前還去看牙醫，持續接受治療。我說不用這樣勉強吧，她說：「把牙齒確實治好，才能好好吃能吃的食物，增強體力。」半年後就離世的她，當時可能還懷有一線希望吧。

去看牙醫時，她還唱著：「兩好球，無壞球……」

喜歡下廚

我是晨型人，夜晚早睡，夏天六點左右、冬天七點左右起床，不用鬧鐘。醒來時是早晨，對於沒有上班的自由工作者來說，算是小小的奢侈。

起床後，到附近散步約一小時。

我們家北邊有善福寺川流過，南邊有神田川，我會依當天的心情選擇走哪一邊。

以前散步回來時，內人已準備好早餐，我只要吃就行了。現在才懂得感謝。

內人去世後，每天不得不自己做早餐。雖然也可以去外面吃，但總覺得

內人川本惠子於二〇〇八年，五十七歲辭世

如果從早餐就依賴外食的話，生活似乎會亂掉。

早餐還是自己好好做，確實地吃比較好。話雖這麼說，其實也只是白飯和味噌湯，加上烤魚、煎蛋、納豆、燙小松菜或菠菜而已。

我是極端的和食派，早餐一定是白飯和味噌湯，內人也一樣。（或許是為了配合我也說不定。）常常有人覺得奇怪，我們家居然沒有烤麵包機。

我和內人幾乎都不喝咖啡，我只喝番茶，內人有時會喝紅茶。

最近，一位很熟的編輯送了砂鍋給我，用它煮飯很美味。把米淘洗乾淨，炊煮，再燜，到煮好要將近一小時。打開鍋蓋的瞬間真是開心，看到順利煮好的米飯，鬆了一口氣。

煮好的飯，先在內人的靈前供上。

我愛讀的吉田秋生的漫畫《海街日記》第二集《白晝之月》中，有住在鎌倉的四姊妹吃早餐的情景：飯煮好，開動前，他們聽從大姊的指示，由年紀最小、讀國中的妹妹（同父異母）將飯先供在祖父母和父親的靈前（捧飯）。這是一天開始的儀式。

我也像這女孩那樣供飯，在內人的牌位前雙手合十，調整心情面對一日伊始。

內人喜歡下廚。

所以，現在看到我以不可靠的手法所做的南瓜佃煮、歐姆蛋、馬鈴薯燉肉，可能會笑我：「你在吃好奇怪的東西啊。」

料理由內人一手包辦，我的工作只剩下倒垃圾。我連走進廚房都會惹人嫌。

現在反過來得靠自己了，我卻做不出任何一道像樣的菜。在開始之前朋友送我一本《料理一年級》的書，我第一次知道了洋蔥切成細丁的方法，原

內人川本惠子於二〇〇八年，五十七歲辭世

來如此，要這樣子啊，真是大開眼界。

內人所做的料理中，我特別喜歡金平牛蒡。心想那做法如果能好好教我就好了，但現在已經太遲了。內人一定會說「金平牛蒡根本算不上是料理」吧。

我成長於戰後的貧窮時代，因此粗食就夠滿足了。與其給我鯛魚生魚片或牛排，不如沙丁魚串或竹筴魚乾來得對味。

我最喜歡納豆、豆腐、油豆腐、炸豆腐餅……特別是豆腐店賣的東西都是我的最愛。到現在，我仍差不多每天都要吃納豆，以及加了豆腐的味噌湯。幸虧離家走路五分鐘左右的地方就有一家很好的豆腐店，每天早晨在這裡買豆腐成為我快樂的日課。

內人去世後大約兩個月，夏季的某一天，我到店裡時老闆娘問我：「最近怎麼沒見到你太太？」我回答：「她六月時去世了。」老闆娘吃了一驚。

聽說內人常來這裡買豆腐，她們聊得很投緣。
老闆娘摘下頭上的包巾，深深一鞠躬。有我所不知道的內人，有鄰居記憶中的內人，讓我深感欣慰。
這位和氣的老闆娘，以前我曾經從內人口中聽過，她兒子年紀輕輕就去世了。我想，無論看起來多麼開朗的人，都可能懷抱悲傷地活著。

因為我是個粗食派的人，內人經常會抱怨。
「我想做各式各樣的料理，但面對宣稱最喜歡金平牛蒡的人，實在提不起做菜的興致。」
因此，我如果到國外旅行，幾天不在家時，內人會找幾個朋友、熟人來家裡，展現一下她新學的菜色，這是內人去世後，寄來追悼信的女性友人告訴我的。真令我過意不去。

內人川本惠子於二〇〇八年，五十七歲辭世

她對料理資訊很敏銳，買了好多料理書。報紙或雜誌上的料理專欄要是登了美味食譜，她也會勤快地剪下來收藏。

成瀨巳喜男導演的小市民電影《驟雨》中，有一段太太原節子一大早就把報紙上家庭版刊登的食譜剪走了，先生佐野周二起床後翻開報紙一看，被破洞嚇一跳的笑鬧情節，類似的情況在我們家也發生過。

內人常把報章雜誌的剪報貼在冰箱上，那些剪報現在還在。我想照著做，但對我來說終究太難了，於是就那樣留著。希望哪天能做做看。

我喜歡去下町傳統的住宅區散步，有空的時候會越過隅田川到墨田區和江東區走走。散步後再到居酒屋去喝一杯，也是我期待的樂趣。

有段時間曾頻繁地前往下町，那是正在寫喜愛下町的永井荷風的時候。一半是為了工作，不過老實說，不可否認目的是想去居酒屋喝酒。甚至也常在下町的商務旅館過夜，終於惹內人生氣了。

「你呀，這樣子，不是變成附帶伙食的房客了嗎？」

她說，如果下町的居酒屋真那麼好，下次也帶我去吧。於是，有一次我就跟內人，以及我們結婚時擔任媒人的大學學長，三人往森下町一家叫Y的居酒屋去。

這家店的燉煮料理很有名。我覺得好吃，不知道幾乎不去下町居酒屋的內人會怎麼想，會不會瞧不起我的味覺？正擔心時，她吃了一口就稱讚「好吃」，臉上露出笑容。

可能因為美味獲得了好評，後來有家雜誌登出Y店燉煮的食譜。內人趕快把那篇報導剪下來，開始挑戰燉煮。

失敗了幾次後，終於做出有自信的作品，確實美味。多虧了這樣，每當我說「今天好想去Y店」時，她就會說：「我來做。」於是，好久沒再踏進那家店了。

我喜歡在日本國內旅行，但內人喜歡出國旅行，尤其喜歡西班牙。

她從服飾公司離職後，可能要慰勞自己努力工作的辛勞吧，一個人到歐洲去旅行了一個月左右。

回來後我問她：「妳覺得有什麼好吃的嗎？」她說：「在西班牙吃的烘蛋。」

是馬鈴薯和蛋做成的簡單東西，因此旅行回來後自己推敲出食譜，試著做做看。

結果這道菜成了我們家的熱門商品。一九七〇年代，西班牙烘蛋在日本還不太有人知道（我想），招待客人來家裡時，內人做出這道特色新品時，大家都非常開心。

前幾天，曾到三鷹的公寓來玩的女同事寄了慰問信來，信中寫道：「惠子姊的料理中，我最喜歡的是西班牙烘蛋。」

晚年——對五十七歲就去世的內人，我實在不想用這種說法，過了五十歲以後的內人喜歡的料理家，是位喜歡做料理的演員，古馳裕三（グッチ裕三）。他的臉長得有一點像我。

他很擅長想出做法簡單又好吃的料理，是這方面的天才。工作忙的時候，內人常會參考古馳裕三介紹的簡單又有創意的食譜。

其中她很常做的是銀芽蒸豬肉。在豆芽菜上鋪上豬五花肉，簡單蒸一下就完成的料理，味道很好。豬肉的肉汁完全滲入豆芽菜裡，格外美味。

「雖然簡單，但很好吃喔。」我這樣說，內人回答：「其實這料理並不簡單，你知道哪裡不簡單嗎？」

我想來想去，不得其解。

內人川本惠子於二〇〇八年，五十七歲辭世

內人告訴我：

「重要的是豆芽菜。要先把豆芽的根鬚摘掉，這樣做之後美味完全不同。一般的拉麵店也會在拉麵上放豆芽菜，但不管是多好吃的拉麵店，都不會把豆芽的根鬚摘掉，就直接「啪」一下放在拉麵上，對嗎？那樣不行。豆芽一定要好好摘掉根鬚才行。你看，你到香港、北京去的時候，老婆婆不是會在家門口摘豆芽的根鬚嗎？就是為了這個。」

原來如此，我想。

「雖然是很簡單的事，但料理最重要的訣竅就是肯花工夫，不偷懶。」

她又說。

雖然懂了，但現在的我每天只顧忙著工作，實在沒時間摘除豆芽的根鬚，也沒時間慢慢燉煮馬鈴薯。好懷念內人做的料理。

「一生最棒的旅行」是哪一次，
內人回答和我一起去的台灣

俄國之旅・台灣之旅

二〇〇九年五月，我到澀谷的文化村美術館去看來自俄國的國立特列季亞科夫美術館（Третьяковская Галерея）所舉辦的「難忘的俄羅斯」特展。

特列季亞科夫美術館是富裕的實業家，也是美術愛好者帕維爾・米哈伊洛維奇・特列季亞科夫（Па́вел Миха́йлович Третьяко́в）和弟弟賽爾吉（Серге́й Миха́йлович Третьяко́в）於一八八〇年代設立於莫斯科的美術館，主要收藏十九世紀末到二十世紀初的俄國美術作品。

其中有很多和蘇聯時期的社會寫實主義不同，可稱為俄國印象派的柔和優美的作品。海報上也使用了伊凡・克拉姆斯柯伊（Иван Николаевич

Крамской）的〈無名女郎的肖像〉（Неизвестная），這是近年來在日本被視為「另一位蒙娜麗莎」般的高人氣作品。

我在美術館商店買了圖鑑、〈無名女郎的肖像〉與伊里亞・列賓（Илья Ефимович Репин）的〈〔在田埂上〕列賓娜和孩子們〉（[На меже] В.А.Репина с детьми）等明信片。

二〇〇一年，內人和親近的編輯吳清美女士為了看芭蕾舞表演而在嚴冬季節到俄國去。她們也邀我一起，可惜我對嚴寒時期的俄國沒有興致。

喜歡芭蕾舞的內人，似乎想到發源地聖彼得堡去看《天鵝湖》（*Лебединое озеро*）和《睡美人》（*Спящая Красавица*）。

我擔心社會主義體制瓦解後的混亂時期可能會有危險，但經過十天左右回到家的內人卻滿口「好開心」、「好好玩」。

似乎接連發生意料之外的事情，每天都受到文化衝擊的樣子。從早晨開始就毫不在乎地猛喝伏特加烈酒的男人們；在市立電車上豪爽地上前來跟你說話，不管你聽得懂還是聽不懂都繼續講的婦人；疑似電力不足的昏暗飯店房間；販賣小貓小狗的市場等。

吳清美女士在悼辭中，提到這趟俄國之旅。

「我們兩人在嚴寒的冬天到俄國去，遇到扒手，上錯電車搭往目的地相反的方向而嚇呆了，在擁擠嘈雜的道路上全力衝刺奔跑穿越……發生了許多出乎意料之外的事情，她說這是『經過幾年都還會覺得好笑的旅行』。」

這次旅行內人喜歡的地方之一是特列季亞科夫美術館，她很感動地說：「老實說，我從不知道俄國居然有那麼多那麼美麗的畫。」還在房間裡貼了一張〈無名女郎的肖像〉明信片。

不會說俄語，但她卻能流利地講出俄國人的長串名字，真是奇妙的特技，說不出來的我，被她得意地斜眼相看。

包括在《戰爭與和平》（*Война и мир*）中飾演娜塔莎的柳德米拉・薩維里耶娃（Людмила Михайловна Савельева），飾演安德烈・尼古拉耶維奇公爵的維亞切斯拉夫・吉洪諾夫（Вячесла́в Васи́льевич Ти́хонов），和《哈姆雷特》（*Hamlet*）中的因諾肯季・米哈伊洛維奇・斯莫克圖諾夫斯基（Инноке́нтий Миха́йлович Смоктуно́вский）。

以及不是俄國人，而是喬治亞人的美麗芭蕾舞者，妮娜・安娜妮亞舒薇莉（ნინო ანანიაშვილი）——我最近終於能順利發音了。能先說出《雙面薇若妮卡》（*La double vie de Véronique*）的知名波蘭導演的名字奇士勞斯基（Krzysztof Kieślowski）的也是內人。

我很不甘心，於是想以唯一能朗朗上口的複雜明星名字來對抗。「那妳說《灰燼與鑽石》（*Popiół i diament*）主角的名字看看吧……茲比格涅夫・齊布爾斯基（Zbigniew Hubert Cybulski）。」

內人說不出來。其實《灰燼與鑽石》在日本上映的一九五九年，她還只是個七歲半的小學生，連齊布爾斯基是誰也不知道。

生病之後在家裡看ＤＶＤ，德語片《竊聽風暴》（*Das Leben der Anderen*）讓她很感動。這部片的導演名字也很難發音：弗洛里安・亨克爾・馮・杜能斯馬克（Florian Henckel von Donnersmarck）。內人斜眼睨著口齒不清的我，連這個她也能清楚說出來時，露出很得意的樣子。在那瞬間，生病這件事彷彿飛到了九霄雲外。

內人為芭蕾舞著迷，約莫是從一九八〇年代中期開始的，起先是喜歡上現代芭蕾，不久後又喜歡上古典芭蕾。每三次中，我也會陪同觀賞一次。我們喜歡的芭蕾舞星是前面提過的喬治亞人妮娜・安娜妮亞舒薇莉。後面的姓很難發音，所以我們在家就只簡稱她為妮娜。她的芭蕾舞演出結束時，表演廳內經常熱烈地響起掌聲和「Bravo!」的喝采聲。內人對我說：「快喊！快喊！」意思是叫我也喊「Bravo!」，但我很害羞，喊不出來。附近座位的年輕女孩們好像下定決心似的站起來大喊：「妮娜！」內人也跟著站起來大喊：「妮娜！」我第一次聽到內人發出那樣大的聲音。

內人去世的二〇〇八年秋天，妮娜又來日本了。

主辦單位的人說：「過去你們經常夫婦一起來觀賞，如今一定很寂寞，請依然以一同觀賞的心情欣賞吧。」招待我去看上野的公演。

年過四十，生過小孩，依然那麼優雅，那麼柔軟地跳躍，我被美麗的妮娜感動了。

落幕之後掌聲不斷，要求謝幕的呼聲持續著，「Bravo!」的喝采聲此起彼落。平日下午的表演廳中，觀眾多半是女士，男客較少。雖然有點不好意思，為了內人我也喊起：「妮娜！」幸虧鄰座的年輕女士們也接連叫喊。

芭蕾舞和古典樂迷之間，有一位大家認識的黃牛先生（最近已經很少見了），胖胖的中年人，有點像流氓。「為什麼那樣的人經常能拿到芭蕾舞的票呢？」內人覺得很奇怪，但她喜歡模仿那個人，回到家喝了啤酒就開始「買票啊！」、「買票啊！」地模仿。

除了模仿那個人之外，她還會模仿別的，最拿手的是模仿金子郁容老師。我寫不出稿子、無精打采時，拜託她：「妳表演一下嘛！」她就學金子老師逗我笑。

內人去世後，在建築公司做設計工作的二哥的女兒寫信給我，提到內人時，「真是有趣的嬸嬸」，她這麼寫，不知道在姪女面前是否也模仿過。姪女在二〇〇八年秋天和同事結婚，信上說「本來想請嬸嬸幫我選結婚禮服的」，真令人感傷。

被吳女士形容為「充滿出乎意料經歷」的俄國之旅，內人好像真的很快樂。據說她曾表示：「這是這輩子數一數二快樂的旅行。」
吳女士接著問她：「那人生中最棒的旅行是哪一趟？」據說內人回答是和我一起去的台灣。是啊，確實那一趟旅行很快樂。

那是一九九二年的新年假期。過去兩人出國旅遊多半是去紐約，亞洲之旅是頭一次。因此一切都是新鮮的。

那時候，我們都迷上台灣導演侯孝賢的電影。《冬冬的假期》、《童年往事》、《戀戀風塵》還有《悲情城市》都非常美好，我們開始嚮往台灣。

有一次，內人看著侯孝賢的臉部照片說：「怎麼看起來很像你耶。」原來如此，這位名導演也多少有點跟我一樣，屬於赤塚不二夫和谷啟的類型，很有親切感。後來我們就決定到台灣旅行。

家裡的大小事和家計用度一向都是由內人全權處理。旅行的各項準備也由內人一手包辦，包括訂機票、訂飯店，要去哪裡的行程安排，以及旅費的準備等。

我們從台北、基隆、嘉義、著名觀光景點阿里山等地繞了一圈，對美食的期待比什麼都深。這裡和美國完全不同，食物並不浮誇。早晨從在攤子吃粥開始，中午吃麵，晚上在餐廳點兩、三道菜分享。

搭火車時吃的火車便當也很美味。國外旅行的優劣，我想那片土地上的食物是關鍵。

旅行期間，飯店的手續、火車票的購買、餐廳費用的支付等，一切麻煩事都由內人處理。語言雖然不通，但比手畫腳一番，最後在紙上寫漢字筆談，一切都能解決，實在很靠得住。

喜歡做料理的內人，每次在市場看到那麼豐富的食材，就會說：「啊，好想買回家。」在餐廳看菜單時也仔細閱讀，一邊和餐廳的人筆談，一邊決定要點的菜色。

在基隆的小餐館曾發生過這樣的事。

他們知道我們是日本人後，會講一點點日語的歐巴桑問我：「名前、なんですか。」（請問你叫什麼名字？）

我正要在紙上寫「川本三郎」時，內人忽然玩心大作，說：「那麼簡單的漢字大概很無聊吧，不如用漢字難一點的名字。」於是我寫了筆畫繁複的「澁澤龍彥」。歐巴桑看了後，頻頻驚嘆地說：「むずかしい。」（好難）、「すごい名前。」（好驚人的名字）。

內人想了一下，也寫下筆畫多的「與謝野晶子」[3]。歐巴桑看了又驚訝地表示：「すごい。」（好厲害），還把在廚房的丈夫也叫來看，歐吉桑也一

3．澁澤龍彥（1928-1987）是日本作家、知名翻譯家；與謝野晶子（1878-1942）是明治至昭和時期活躍於文壇的詩人、作家、思想家。

起驚嘆。

後來，我們這對夫妻就開開心心地以「澁澤龍彥」和「與謝野晶子」的名字在台灣旅行。

台灣旅行之後，我逐漸對國外旅行感到麻煩，於是內人就獨自和朋友到香港、越南、俄國去旅行。

住院時，除了因消遣而讀的歷史小說外，內人也把俄語入門書帶到病房，可能是想等康復之後再去俄國旅行吧。

那本書，終究只讀了前面幾頁。

我去參觀特列季亞科夫美術館展覽那天，回家後，把圖鑑和明信片供在內人的靈前。

家計之事・自由工作者之妻

據說愛知縣的人普遍財務觀念都很確實，愛知縣內有很多優良企業是不用貸款就能營運的。

內人生於愛知縣的一宮市，父親的工作和纖維工廠的經營有關，精通會計。受父親影響，她的財務觀念比我強好幾倍。因此家計方面的事情我都交給內人處理。

早晨，我在讀《日刊體育》時，內人會在旁邊讀《日本經濟新聞》或《日經流通新聞》。她也有少數股票，喜歡像京王電鐵那樣，重視本業、堅固務實的公司。

她對企業的動向也很關注。電視我大多只看棒球實況轉播，內人則常看新聞和談話性節目。

這樣的內人，九一一的時候有件遺憾的事。事件一發生，日本從半夜就開始電視實況轉播。平常早起的我也早睡，只有那天不知道為什麼，很晚還沒睡。平常晚睡的內人，則只有那天早早就寢。

當時碰巧在看電視的我看到新聞報導，一邊想著「發生不得了的事情了」，一邊去叫她，然而正和暹羅貓熟睡的內人只迷迷糊糊地發出囈語，卻不起床。

第二天早晨，內人知道事件後抱怨：「你怎麼不叫我起來。」我回答：「叫過妳了，可是叫不醒。」但她卻不信。未能即時目睹九一一事件的內人洩氣地說：「我變成後知後覺的人了。」紐約是我們倆去過多次的城市，所以她特別在意吧。

認真的內人，不喜歡亂花錢，討厭無謂的浪費。有一次去紐約，回程時我託飯店代叫計程車到機場，卻不知怎麼搞錯了，來了一部專門接送貴賓到機場的高級禮車，好像電影中黑道老大乘坐的那種豪華大車。本來是以輕鬆的心情預約車子的，這下出了差錯，讓我們很不舒服。到底要被敲多少錢，真是的。在機場付了幾百美元的內人上飛機後還怒氣未消。

新婚時，內人會比我早起，準備自己和我兩人份的便當，一邊說：「自己做的便當雖然好吃，但已經知道裡面有什麼，打開蓋子時就沒有驚喜了，這是缺點嘆。」

我不再到公司上班，開始自由寫作後，內人仍為在家工作的我準備午餐便當。喜歡烹飪的內人可能不覺得辛苦，但現在想來真覺得過意不去。

喪禮時致悼詞的編輯吳清美女士說，她們雖然很熟，但在國內時很少一起吃晚餐，因為她喜歡回家為先生做晚飯。

我成為自由工作者之後，剛開始真的是不顧一切地埋頭工作。什麼工作都接，翻譯過色情小說、也採訪過土耳其浴（現在的泡泡浴）。從早晨工作到晚上。

因此四十歲出頭有一天，夜裡寫稿到很晚時流鼻血，白色稿紙被染紅了。心想大概馬上會停吧，卻始終不停，直到早晨。

因為很擔心，一大早就到附近的醫院去。醫生說：「幸虧是鼻血，如果是腦出血就嚴重了。」一臉嚴肅的表情。

醫生說，這是不正常生活所引起的高血壓，所以一定要改善生活，強烈提醒我要注意飲食。

因此，我把菸戒掉，控制酒量，一星期有一天或兩天訂為dry day，禁酒日。內人可能認為自己也有責任，決定改變飲食型態，不只要看一直以來的料理書，還買了健康書。她說：「過去只想做好吃的東西，但光這樣不行呢。」於是漸漸減少鹽分的攝取量，「以後味道可能會稍微差一點，不過為了身體，還是要忍耐。」在白米中添加糙米也是從這時候開始的。

這樣注意我的健康的內人，卻得了癌症先我而去，真令我內疚。

幸虧內人勤儉持家，樽節開支，我們總算有儲蓄，有餘裕了，因此八〇年代初我們搬家了。

從三鷹搬到井之頭線的濱田山車站附近的公寓。從找公寓、辦銀行貸款手續，麻煩的事全都由內人包辦。後來，我們又搬了兩次家，現在也還住在這裡的濱田山車站附近的公寓，一切都是內人促成的。深深感覺因為有內人，才有了今天的自己。偶爾向她道謝時，她總是說：「你好好工作吧。」

她幫我打點好適合工作的環境。自由工作者的生活固然拘束少，但經濟上不穩定，因此有時被問到要不要到大學教課時會心動。雖然如此，但被迫離開朝日新聞社的經驗，令我對於再進入組織工作心存猶豫。是要經濟安定，還是要自由？

煩惱時跟內人商量，她說：「難得你能靠一枝筆做到現在，就堅持下去吧。」還說：「沒問題，我們有在存錢。」鼓勵我選擇自由，讓我放心。

她知道我不是那種在組織裡可以好好生存的類型，而且內人可能也做好了心理準備，要當自由工作者的妻子。之前讀過《高見順日記》，在昭和三十八年（一九六三年）一月的某一天，寫著這樣一件事：高見順那天從外面打電話回家，想知道家裡有多少存款。原以為銀行沒什麼儲蓄，結果太太說大約有七、八十萬圓（相當於現在的四百萬圓），因而放下心來。原來高見順也有務實可靠的太太支持著他，倍感親切。

卓別林（Charles Chaplin）的《舞台春秋》（*Limelight*）中有這樣一句名

言：「人生需要的是勇氣和希望，還有一些金錢。」雖然理想主義者總是輕視金錢，但事實上，金錢不只是支持生活的重要物事，對自由工作者來說也是支持自立的重要物事。

四十幾歲時，有位前輩評論家病倒了。可能因為是自由工作者所以生活清苦，與病魔纏鬥需要錢，朋友們輪流解囊。

內人知道後所說的一句話，加強了我的決心，讓我印象深刻。

她說：「這樣太天真了，我並不是不想出錢才這樣說。但自己的身體要自己照顧好。要是你病倒了，錢的事情我也一定不要靠別人，因此平常就一邊節約一邊存錢。」

那位評論家是所謂無賴派的人，不斷高呼反權力主張，所以內人才更認為「自己的身體要自己照顧好」。

如果我在公司上班，可以期待老後有退休金和公司的年金，內人或許不會說出這樣嚴厲的話。正因為是經濟不穩定的自由工作者的妻子，有著深切的覺悟才會說「要是你病倒了，錢的事情我也一定不要靠別人」。若真生了重病，實際情況會如何不知道，但就算到那個地步，仍希望能「不求人」。我想這堪稱內人表明心志的話。

大約十年前，我得了突發性聽覺障礙的怪病，有一天左耳突然聽不見。據說醫學界現在依然不太清楚原因。這個病由於伍迪・艾倫（Woody Allen）和歌手濱崎步也得過，所以為人所知。

治療方法只能安靜休息，並持續打點滴。我在虎之門醫院住院兩星期左右。內人說住單人房吧，我想並不是致命的大病，只要打點滴，住單人房太奢侈，所以決定住雙人房。

幸虧點滴有效，總算又能聽見了。只是並沒有完全康復，現在左耳還是聽不太清楚。

這次住院時，醫院的手續和費用也都是內人一手處理。

內人入住順天堂醫院時，曾說住雙人房就好，我說服她選單人房。在這種地方省錢沒有意義。何況，我們家的積蓄是內人存下來的，就是為了這種非常情況而準備。

「很抱歉，整個人生都亂掉了。」這樣說的內人真可憐。「沒問題，我們很有錢。」我逞強地說大話，接著重提那個三十幾年來每年都會說的笑話：「今年，我一定會寫出暢銷書來。」

嚴謹地地辦了喪禮，希望能安靜地送走死者。雖然對邀請來的客人失禮了，但還是辭退了奠儀。內人說的「自己的身體要自己照顧好」、「要是你病倒了，錢的事情我也一定不要靠別人」，扎根在我的心裡。

時尚評論・繡球花

從三鷹搬到濱田山的公寓，正確地說，住址是杉並區的高井戶，公寓名稱才是濱田山。

這一帶的形象比較好吧。雖然這樣標榜有點虛榮，不過，實際上出入的車站並不是井之頭線的高井戶站，而是濱田山站，購物也在濱田山的商店街，所以可以算是濱田山的居民。

內人在武藏野美術大學念書的時候，也曾經在吉祥寺的公寓住過，喜歡連接吉祥寺和澀谷的井之頭線。她說：「從鄉下到東京來的人，看井之頭線就像玩具似的，小小的、沒有壓迫感，很好。」

後來開始買少量股票之後，最先買的就是京王電鐵的股票，也是因為喜歡井之頭線的關係吧。

而且，小股東也是股東，所以一年有兩次股東優待，會贈送京王線的免費車票。雖然這麼說，但京王線比其他私鐵路線的距離短，就算搭到最遠的高尾也不過三百五十圓左右，送四張來，老實說並沒有什麼優惠。

她反駁說：「至少人家小田急線有到小田原、箱根，京成線可以到成田，還不錯啊。」然後笑著改變話題：「不然，今年你就寫一本暢銷書吧。」

在企業上班的人，公司會提供月票。反之，自由工作者的交通費就要自己負擔，因此不能住到太遠的地方。有一位自由工作者朋友憧憬古都生活，搬到鎌倉去住，很驚訝到東京的交通費居然這麼高，最後又搬回東京。

內人決定從三鷹搬到濱田山的原因之一，也是想到住得離市中心近一點，可以節省交通費。

雖然這是後來的事情，不過京王線在一九九〇年代一舉把電車票價大調降。內人得意地說：「你看，我有先見之明吧。京王還是不錯的公司喔。」井之頭線的沿線，從東松原站到明大前站之間，以及濱田山站和高井戶站之間，每年六月，沿途的繡球花都開得燦爛無比。京王對於種植繡球花這種和直接收益無關的事還願意賣力去做，也算是好公司。

「去看繡球花吧。」梅雨季節，內人常常這樣說，於是我們便從濱田山站走到高井戶站。如果時間充裕，還會往下走到富士見丘站或久我山站，一邊欣賞沿線盛開的繡球花，一邊散步。

從以前日本就有原生種的「額繡球花」，後來傳到西洋去，變成現在一般所稱繡球花的「西洋繡球花」。二十世紀初維斯康蒂導演（Luchino Visconti）以威尼斯為舞台所拍攝的電影《魂斷威尼斯》（*Morte a Venezia*）中，由狄·鮑嘉（Dirk Bogarde）飾演的音樂家所住的威尼斯麗都島（Lido）的飯店房間裡，到處布置著藍色繡球花，因為對當時的歐洲來說，繡球花還是新的珍貴花種。這樣告訴我的就是喜歡繡球花的內人。

濱田山最初的公寓離市中心比較近，但比三鷹的公寓稍微窄小一點。儘管如此，能離市中心近一點，我們還是很高興。搬家的時候，現在以電影評論家身分活躍著的秋本鐵次先生和剛結婚的太太還來幫忙。

秋本鐵次先生是養樂多棒球隊的大粉絲（我是阪神隊球迷，同樣對抗巨人隊）。搬家那天，搬完後，廣岡教練所帶領的養樂多隊獲勝，我們和剛新婚的秋本夫婦在新公寓舉杯慶祝，也成為難忘的快樂回憶。

三鷹公寓時期快結束的那段日子，內人和我一樣，來到今後該怎麼走下去的岔路口。是繼續在小流行服飾公司上班呢，還是留在以自由工作者身分總算漸漸步上軌道的我身邊，改當專職主婦呢？

我想內人一定相當煩惱。她還想從事服飾工作，但每天早晨都要比我早起，做好兩人份便當，這樣的生活其實很累。

自由工作者的我，正好工作也開始上軌道了，於是我說：「妳不妨先辭掉工作，再好好考慮以後要怎麼樣。」建議她去旅行。「那就聽你的囉。」這樣回答的內人於是決定暫時隻身到歐洲去旅行。

旅行回來後精神振作起來了吧，她說：「我還是不能只當家庭主婦，我想工作。」又到另一家流行服飾公司去上班了。

那時候，有人提出一個很好的建議：「要不要試著寫一點時尚方面的東西？」當時以旭日東升之勢業務蒸蒸日上的大榮超市，剛出版了《大榮白皮書》（ダイエー白書）的精美宣傳小冊。總編輯B小姐是比我年長、現在已經不用「女史」這稱呼的可敬女士。

B女士很喜歡內人，建議她寫時尚類的短文。在濱田山的新公寓，內人便一邊上班一邊開始寫起短稿。

然而大約經過一年左右，我卻闖禍了。

B女士有一次籌備了一趟以編輯部為核心成員的旅行，邀我們同往，我和內人很高興地參加了。

在酒席上，有個中年男人一直騷擾內人，以現在的說法就是性騷擾。因為太過分了，我忍無可忍，終於揍了那個男人。當時我還年輕，而且在酒意趨使下沒有控制好自己。

非常愧對B女士。

從那次後我們跟B女士之間變得有點彆扭，幸虧內人的工作漸漸增加了。而且在苦思之後，內人也和我一樣從公司辭職，成為自由作家。

現在回想，覺得很抱歉的是，濱田山的公寓太小，內人未能擁有自己的書房。

內人在廚房兼餐廳的空間裡，在做家事之餘寫著稿子。常常自嘲說「不是kitchen drinker，是kitchen writer噢。（不是廚房酒鬼，而是廚房作家噢）。」

內人開始寫作的一九七〇年代後半，是女性開始大量進入社會工作的時代，就像誕生了「職業婦女」一詞那樣，女性上班族成為理所當然的存在。配合這樣的趨勢，女性雜誌也相繼創刊。

在這層意義上，正好在這個時期開始成為自由工作者，內人可說很幸運。女性開始出社會工作後，服飾的潮流也改變了。過去從男性眼光看來女性化的服裝，被女性們敬而遠之。她們現在反而選擇方便工作的服裝。T恤襯衫配牛仔褲變成流行的搭配，已經不再是奇裝異服了。

女性大方地穿上長褲（ズボン）就是從這時期開始的。（內人常常笑我，我們這個世代的人還是無法稱長褲為パンツ，依然從舊習稱為ズボン[4]）。

向來不穿裙子，一直被批評沒有女人味的女明星凱薩琳．赫本（Katharine Houghton Hepburn），開始受到職業婦女歡迎也是這個時代。內人常會模仿她，把襯衫領子立起來。

內人身材纖瘦，胸部也小，她說十幾歲時還為此感到自卑，高中時期完全不受歡迎。

帶給內人自信的，是一九六七年內人十六歲時，來日本引起大轟動的英國時尚模特兒，崔姬（Twiggy）。

一百六十八公分、四十一公斤、三圍七十八．五十八、八十一公分，衣

4．パンツ的語源為pants，以前多指內褲。而ズボン的語源為法語的jupon，指長褲。

服尺寸三號，身材是名副其實的「瘦竹竿」。借用內人的說法，「她的出現使得大胸部成為過時」。女性美的標準這時候完全改觀。讓身材削瘦的內人擁有自信的崔姬，變成女神般的存在了。

另一位女神則是發掘崔姬、啟用她為模特兒的英國設計師：瑪莉・關（Mary Quant）。一九六二年她在美國舉辦首次服裝秀，展出迷你裙，掀起狂潮，成為時尚界的一大革命。

一九六六年披頭四（The Beatles）來日本，十五歲的內人第一次穿迷你裙。雖然只是把目前為止所穿的裙子從腰間摺起一層而已，但她說，已經讓她心情上感覺到自由了。

一九八〇年代瑪莉・關來日本時，內人幸運地採訪到她，那天她回到家後還興奮地到處打電話說：「我見到瑪莉・關了。」當時瑪莉・關送給她的藍色托特包成為她的寶貝。

瑪莉・關在一九五五年、二十一歲的時候，在倫敦切爾西（Chelsea）的一隅開了一家小服飾店。她不是為有錢女人，而是為走在街上的普通女孩設計服裝。這樣的女性令內人崇拜。

內人於二〇〇八年六月十七日去世。正是繡球花開的季節。在舉行喪禮的杉並區的寺院內，滿眼到處是盛開、鮮豔的藍色繡球花。

想到喜歡繡球花，在那個季節去世的內人，師父在為她取的「紫文院」戒名中放進了「紫」[5]字。

最近每天散步時，總會沿著井之頭線的鐵道走，一邊欣賞藍色和白色的繡球花。

5・繡球花日文為アジサイ，漢字寫作紫陽花。

日常小對話，今時多懷念

先前看了二〇一〇年三月十九日出刊的《週刊朝日》，在山藤章二先生的著名連載「似顏繪塾」中有一篇〈稀奇的模特兒〉，居然是有人畫了我的似顏繪去投稿。

是一位六十歲男人所畫的。連我自己看都覺得那漫畫似的臉和本尊一模一樣，粗粗的八字眉，蓬鬆的亂髮，而且穿著夏天招牌的夏威夷衫。

內人也常常畫這樣的我的似顏繪。

偶爾會有雜誌委託的工作，我需要到國外去採訪，曾去過美國、中國、法國、義大利等。因為是旅行紀實，自己的相片也會登出來。而既然是刊登在雜誌上的照片，就必須拍得像樣才行。

這時內人就成了造型師，幫我思考該穿什麼樣的衣服才好。內人會幫我挑選衣服。

不僅如此，她料想我反正不知道該怎麼搭配，索性用彩色鉛筆幫我畫出這件上衣配那件襯衫，這件襯衫配那件毛衣。

內人所畫的我的臉，和投稿到山藤章二先生「似顏繪塾」的畫幾乎一模一樣。

她笑著說：「你的臉就像漫畫一樣，所以似顏繪很容易畫呀。」

現在，想對內人說：「《週刊朝日》上登出我的似顏繪唷。」但內人已經不在了。

變成一個人之後的現在，最寂寞的是，沒法隨口對人說這種無關緊要的話了。「善福寺川綠地的櫻花快盛開了喔。」「上次去塚山公園時，以前還在的街貓已經不見了。」

這種日常閒話的對象不在了，無可奈何下只好對著牌位或相片說話。

因為沒有孩子，所以夫婦的對話多半是生活裡的瑣事。現在回想起來，那真的很有樂趣。

在小流行服飾公司上班的時候，內人常到大阪出差。每次回來時就會開心地談起她如何「受到那邊的文化衝擊」。

「我搭電梯時，一個穿西裝打領帶的業務員忽然說：『小姐，妳的腳好漂亮啊。』這話如果是用東京腔說，會令人不舒服，但被用關西腔這樣說，很奇怪，竟然不會生氣唷。因為知道沒有惡意，而且人家是在誇獎啊。」

還說過這樣的笑話：

「我在心齋橋附近的皮鞋店看櫥窗時，一個不認識的歐吉桑走近我說：『姊姊，那雙鞋我買給妳好嗎？』因為太突然，我嚇了一跳趕快逃走。但事後想想，他說要買，我收下就好了嘛。」

一九九〇年代有一次，我去新潟旅行回來後，談起在新幹線的一個車站（站名特別保密）吃了立食店的蕎麥麵，非常難吃。後來，每次兩個人吃蕎麥麵時，就會提起這件事，因此內人居然說：「好想去吃那難吃的蕎麥麵！」

於是我們去新潟的瀨波溫泉住一夜，途中在那個車站下車，吃了立食店的蕎麥麵。味道和上次一樣，內人同意地說：「比聽你說的更難吃啊。」若說想吃好吃的東西可以理解，但她卻說想吃難吃的東西，滿奇怪的。

住院時，碰上醫院的伙食不好吃時，她會說：「比那蕎麥麵好吃喔。」依然乖乖地吃著。

說到奇怪，內人對於大家討厭的烏鴉反倒很喜歡。我們家是在五層樓建築中的三樓，附有露台。

有隻大烏鴉每天早晨會來，內人想，與其垃圾袋被弄亂，不如好好餵那隻烏鴉剩飯剩菜。不久烏鴉也習慣內人了，會停在去露台為盆栽澆水的內人肩膀上。

「嘿，你看，好有趣喔。」有一次內人來叫我看，隔壁的兩層樓建築，有傾斜的屋頂，往屋頂一看，烏鴉正像溜滑梯似的從上面往下滑。

「牠在玩耍噢。」內人朝著烏鴉拍手，於是烏鴉得意起來，好像在向內人表演似的，滑下來後，又爬上去再度往下滑，如此這般重複著。內人和我看了都嘖嘖稱奇。

「你為什麼每次襪子都少一隻？」這也是我們夫妻間常出現的對話。不知不覺間，其中一隻襪子總會遺失，應該是在屋裡的什麼地方，卻找不到。內人稱這為「神隱」。

放棄了，買新的回來之後，消失的襪子才從床下或書桌角落出現。以前，看過美國有一部描寫夫妻生活的喜劇電影，丈夫總是感嘆「為什麼每次襪子都會消失一隻」，可能放諸四海皆如是吧。如今一個人後，襪子依然會一隻自動神隱起來。乾脆襪子一開始就不要成雙，不是很好嗎？

連小小的吵架，現在也懷念。

大約一九八〇年左右，家附近開了一間連鎖便當店。內人出差不在家時，我會去買。店裡的海苔便當尤其讓我想起小時候，而且很美味。

有一次，我接受一本女性雜誌採訪，談「家附近的美味店」，介紹了這家便當店。

雜誌刊出後翻開一看，嚇了一跳。其他受訪者都介紹漂亮的餐廳或小料理店，只有我站在便當店前很開心地拎著海苔便當。

看到這張相片，內人呆住了。「這是什麼嘛！簡直像說我很少下廚，都不開伙似的。」正是因為喜歡做菜，她才這麼生氣吧。「這簡直是家醜，全隊的臉都丟光了。」

「全隊的臉都丟光了」是內人在描寫啦啦隊故事的漫畫上看到而喜歡的句子，每次我做了什麼糗事時，她就會這樣說。

一個人生活後很難想打掃就打掃，於是到處堆滿了書和郵件，家裡簡直變成儲藏室。內人在的時候會說「起居室絕對不可以放書」，但一個人之後就無法控制，變成到處是書了。

上次夢見內人。

夢裡的內人在整理房間，「全隊的臉都丟光了。」覺得她好像在這樣說。醒來後，心想這樣不行，才稍微整理了一下房間。

我算睡得很好的，一天可以睡七小時，有時八小時。內人說我「跟史努比（Snoopy）一樣真的很會睡，你是Sleepy呢。」

因為喜歡睡覺，內人還在的時候，曬棉被也是我的任務；天氣好的時候曬棉被比什麼都重要。一個人生活的現在這件事依然不變。

將吸飽陽光後、蓬鬆柔軟的棉被蓋在身上睡覺，真想說「世上沒有比睡覺更快樂的事了」。最近，睡覺又添加了一個新樂趣：睡夢中有時可以見到內人。

和內人一起旅行，最難忘的是什麼？雖然有很多回憶，不過二〇〇三年夏天的京都之旅特別難忘。

那一年，拙著《林芙美子的昭和》（新書館）獲得桑原武夫學藝獎（潮出版社主辦），頒獎典禮在京都舉行。於是我們兩人決定，頒獎典禮後留在京都住兩夜。

頒獎典禮的隔天，兩人到「丹波」這家漬物（醬菜）店去。大約一個月前，出久根達郎先生寄了京都的漬物來表示祝賀之意，非常美味，我們倆面對面直說「好吃」、「美味」。那就是丹波的。

正好是中元節的送禮時節，內人提議：「今年的中元節送禮就送這家店的醬菜吧。」丹波在大德寺附近的新大宮商店街。

店面不到四公尺寬，年輕女店員們勤快的動作充滿了朝氣。不是以觀光客為對象，而是以當地人為目標客層。店裡到處擺著貓的飾品，讓喜歡貓的我們非常高興。

內人挑選醬菜，請店家宅配給照顧我們的相關人士和朋友，我的工作則是填寫收件人的姓名、地址。許久不曾這樣夫婦分工合作。

離開丹波後，我們從大德寺繞到和谷崎潤一郎有緣的法然院去，並於黃昏時刻來到木屋町三条的「めなみ（Menami）」小料理店。聽說是很受歡迎的店，可能很難排得到位子，所以我們提早在開店前到，成為最早到的客人。

夏天的京都，說起來最好的莫過於海鰻——蒲燒海鰻和白焯海鰻，搭配著下肚的啤酒比任何時候都美味。而且那夜阪神隊大勝巨人隊，真是幸福的一天。

櫻花快開了。

最後住院是在二〇〇八年四月。

讓坐輪椅的內人搭乘無障礙計程車，從御茶水的順天堂醫院開往新宿御苑去賞櫻。

想到內人可能無法再看到盛開的美麗櫻花，不禁悲從中來。從醫院出來時，六、七位護理師在電梯門廳，就像歡送要搭乘新幹線的人那樣，對要去賞花的我們揮手送別。

她們可能知道，這將是我們夫婦最後一次一起出門。

「一個人吃飯難以下嚥
和內人共享的晚餐開心愉快」（伊藤茂次）

醫師「無情的宣判」

明星仲代達矢先生寄了一本他的著作《老化也是進化》（講談社＋α新書）給我們。

第一章是〈妻子先走了〉。

仲代達矢先生的夫人，是女明星宮崎恭子女士，（也以「隆巴」為筆名，寫過《白白送命》的劇本）於一九九六年因癌症去世。

我們只見過一次，他接受我有關時代劇的採訪。雖然只有這樣的關係，卻能記得我，在內人喪禮時送了花來。現在想來，仲代達矢先生可能因為自己的太太也先一步去世，所以對同樣失去太太的我特別關心。

讀到〈妻子先走了〉，我得知這位名演員仍然非常想念他的夫人後，內心深深感動。

據說宮崎恭子女士被告知得了癌症時，希望自己一個人承受，不願意讓仲代達矢先生擔心，所以請醫師不要告訴他。

幾個月後，仲代達矢先生深夜接到那位醫師的電話說：「雖然夫人堅決要我不說，但我還是不得不說……」才第一次得知真相。胰臟有癌細胞，最好能盡快手術。

這個衝擊很大。即使是在無數時代劇中飾演過豪傑武士的仲代達矢先生，在電話前也難免驚愕。

於是進行手術。適逢拍戲期間，手術時他無法陪伴在側，一個月後才聽到主治醫師說明術後。醫師說已經由血液擴散，餘命只剩半年……這真是無情的宣判。

仲代達矢先生寫道。

「這件事沒有告訴內人。她已經被宣告罹癌，我不想再增加她的痛苦。不過，真相或許是我沒有告訴她的勇氣。」

沒錯，我也沒有勇氣告訴內人真相。

內人在順天堂醫院接受手術是在二〇〇七年一月十八日。從早上八點開始，結束時已經過了下午六點，是這樣大的手術。我和從愛知縣一宮市趕來的內人雙親一起，只能以祈禱的心情等待結果。

手術結束，聽取主治醫師的說明，說是已經轉移到肝臟了……，其他的話就含糊帶過。

我和岳父母在醫院的餐廳用了延遲的晚餐，但實在無法下嚥。岳父無力地說：「看來情況是陰轉雨啊。」

送岳父母回御茶水車站附近的飯店後，我去見主治醫師手下的年輕醫師，問他剛才主治醫師說已經轉移到肝臟，是什麼意思？

年輕醫師以「這也不知道嗎？」的口氣，做出了無情的宣判：「不用去想一年、兩年後的事，已經過不了今年了。」

本來對手術還抱著一線希望，因此這個無情的宣判實在太打擊，無論對內人或岳父母都無法轉達。就像仲代達矢先生說的那樣，最重要的是「不想再增加她的痛苦」。內人對手術也滿懷希望，從病房被推到手術室時，還帶著笑容揮手說：「我去一下喔。」

回家時，走過夜深人靜的醫院走廊，突然從體內湧出眼淚來。與其說哭泣，不如說是被眼淚突襲的感覺。

自從二〇〇六年十月得知內人罹癌後，我就下定決心絕對不哭。要是我不能堅強的話，內人就太可憐了。

然而這時眼淚卻停不下來。為什麼不能早一點發現內人的異常呢？我被無力感襲擊，真想大聲吼叫。

仲代達矢先生也寫道：

「我所能做的，只有守護著被病痛折磨的她，深深感覺到生而為人的無力。」

御茶水的順天堂醫院裡也有婦產科，有小嬰兒會在那裡出生。值得恭賀的事和無情宣判的事在同一個空間裡發生。在電梯門廳遇到被祝賀嬰兒誕生，幸福洋溢的家人時，體會到生與死的交錯，不禁想要怨恨神。

從那天起，與癌症新一輪的搏鬥開始了。內人住院，我傍晚到醫院去，盡可能和內人一起用餐（醫院餐），睡在病房。早晨一起吃早餐，之後回家一趟，把累積的稿子寫一寫，把家裡整理一下，傍晚再回到醫院。

換句話說，看護的日子開始了。因為是自由工作者，時間可以自己調整，這一點比上班族幸運。

只是，工作量必須減少。

除了短篇稿的連載外，向編輯致歉，取消洽談中的稿約，也不接新的邀稿。

不過，盡量不提內人罹患癌症的事情。為什麼呢？那份心情很難說明。首先，一般來說，家事、私事，大家多半都不想對外公開。其次，拿內人的癌症當成我縮減工作的藉口，對內人說不過去。但現在想來，最大的原因是即使到了這個階段，內人可能仍有著不想對癌症認輸的心情。雖然像癡人說夢，但內人或許還抱有一絲希望，奇蹟有可能會發生，終能戰勝癌症。

內人自己也希望，罹癌的事情除了家人之外盡量不要聲張。可能不想讓別人擔心，以女性來說，也不想讓別人看到自己的病容。

工作量雖然減少了，但連載不能開天窗。不希望因為供稿不穩定，而讓人知道內人生病了。

一邊繼續工作，一邊盡可能多陪在內人身邊，因為能共處的時間不多了。雖然知道不容易，但自己能做的也只有這樣。

比起從事演藝工作的仲代達矢先生，寫作還算是好的。因為在病房一隅，或在醫院的休息室就可以寫。

看到這樣的我，內人常常說：

「很抱歉，給你添麻煩了，你一定想在家裡好好工作吧。」

不要這樣說，妻子麻煩丈夫是天經地義的。在一起三十幾年，終於明瞭了這件事。但願能再麻煩久一點……

我的工作還包括電影評論，在試片室看新片，針對所見寫出稿子。但現在實在沒時間去看試片。

幸虧有了ＤＶＤ，可以請電影公司的人送來，看過ＤＶＤ後寫影評。不明究理的電影公司工作者可能會想：真是個懶惰的影評人。

可是在家的時間太少，沒辦法看ＤＶＤ，只好買了攜帶式播放機，晚上在病房的角落看。護理師看到可能會想：真是悠閒的丈夫啊。

順天堂的護理師們真的很照顧我們。在我們眼裡，她們就像女兒般年輕，但她們不分晝夜，像對待父母一樣，盡心盡力地照顧我們。

老實說我對醫師那無情的宣判，到現在仍懷著強烈的疑問，不過對護理師們的工作態度卻真心敬佩。有她們在身邊，讓我堅強許多。

尤其Ｓ小姐是照顧內人臨終的護理師，她成為送終者、為內人淨身的模樣令人感動，想雙手合十感謝她。

據說很多護理師是因為親人生病去世，或家族中有人身體有殘疾，而選擇這份工作的。

大家都很溫柔體貼。

回想起來，和患者接觸最多的不是醫生，而是護理師。從S小姐開始，如果沒有她們，我想，自己最後那段日子一定撐不下去。

二〇〇九年六月，我的大姊去世，七十七歲。她身體本就虛弱，這兩年更衰弱，連走路都有困難。

姊姊是天主教徒，年輕時曾一度進過修道院，因為身體弄壞了而離開。內人也是名古屋的教會學校出身，對天主教很虔誠。她年過五十之後更年期障礙開始嚴重起來，有一陣子臥病在床。因為這件事而考慮受洗。尤其在得知得了癌症後，更認真思考受洗一事，經常向大姊詢問相關細節。不過，最後連付諸實行的時間和餘力都沒有了。

大姊的喪禮在小金井的天主教會舉行。我們家還有另一個姊姊，兩個哥哥和我，原本五個兄弟姊妹變成四個。加上兩個姊姊的丈夫都已不在，我也失去內人，愈來愈寂寞了。

喪禮以風琴伴奏，唱了幾首讚頌歌。

喪禮之後，忽然很想聽讚頌歌，便到銀座的山野樂器行去買讚頌歌的CD，發現很多我沒聽過的歌。其中有一首結婚典禮上常演奏的〈結為夫婦〉（妹背をちぎる），「妹背」是指夫婦，歌詞中有「夫婦二人永結同心」、「千秋萬世相互扶持」的句子。

雖然我不是基督宗教的信仰者。但聽到這首歌時，卻強烈地喚起手術那天的記憶。沒有比那個時候更感覺到，有內人在身邊是如此重要的事。

內人的著作《名為魅惑的衣裳》

二〇〇九年八月，電影旬報（キネマ旬報）社推出了內人的著作《名為魅惑的衣裳——好萊塢服裝設計史》（魅惑という名の衣裳　ハリウッド・コスチュームデザイナー史）的新版。這本書原出版於一九九三年。新版的發行量雖不多，但非常難得。

對流行時尚向來不關心也毫無了解的人，可以從內人這本書學到很多東西。

例如《儷人行》（*Two for the Road*）是一九六七年由仙女般的奧黛麗・赫本（Audrey Kathleen Hepburn-Ruston）首次以大眾女性扮相演出的電影作

品，因此，一改自一九五四年《龍鳳配》（*Sabrina*）以來，片中服裝全由服裝設計界「守護神」紀梵希（Givnechy）一手打造的風格，全面改穿市面上就買得到的成衣。這是劃時代的大事。此外，庭園裡的花清一色採用白色，而原來討厭紅色的奧黛莉・赫本，在這部電影中也第一次穿起紅色衣服。

又如在《西城故事》（一九六一年）中，設計師艾琳・夏拉夫（Irene Sharaff）以牛仔裝和運動鞋獲得金像獎最佳服裝設計獎。其實這牛仔裝是特別為電影而研發的，「為了跳舞方便，以伸縮性強的萊卡布料，做成藍色牛仔褲樣式的訂製服」。

這部電影中，喬治・卻克里斯的舞姿非常重要。為了讓他們容易伸展，猛一看像穿著普通牛仔褲，其實是以新研發的柔軟而堅韌的彈性材質所製成。如果穿著普通牛仔褲想模仿他們的舞姿，腳絕對無法抬得像喬治・卻克里斯那麼高。

這件事我原先完全不知道。不如說，我不太在意衣服怎麼樣，認為人與其看外表，內在更重要。想法這樣粗淺的人，本來看電影就沒有在注意服裝。

認識了她，一起去看電影之後最驚奇的，是原來還可以從服裝這個角度看電影。

有一次，我們在「名画座」電影院一起看《原野奇俠》（*Shane*），她第一次看，卻說亞倫・賴德（Alan Walbridge Ladd）的服裝很有趣。怎麼個有趣法？我的印象中只有確實穿得有點奇特而已，她卻說，亞倫・賴德穿的上衣是原住民常穿的、邊緣以流蘇裝飾的鹿皮，那流蘇看來有點女性化，而且腰帶非常有裝飾性。以現代來說，是女性會喜歡的古董印第安銀飾腰鍊（concho belt）。她這樣為我具體說明。

完全沒聽過「古董印第安銀飾腰鍊」的我，聽了這說明非常驚奇。《原野奇俠》和過去的陽剛西部片不同，感覺有點優雅，這也是原因之一吧。不是我誇張，確實令我刮目相看。

內人不只談論服裝之美，還說服裝和演員所飾演的角色之間的關係也很重要。這一點和過去的影評理論很不同。

一九八〇年代從中期開始，我們兩人每年會去紐約一次。我們都有收入，沒有小孩，所以經濟上還能支付。

到紐約最大的目的是去買書。因為是還沒有網路的時代，所以要買那邊出版的書只好到那邊去。

逛著書店的兩人主要是買和電影有關的書。內人買的流行服飾書籍多半是攝影集，所以很重。我會抱著這些書，跟班似的陪她逛，因為內人很瘦弱，搬不動。

現在重看《名為魅惑的衣裳》，書中有很多女明星的美麗照片，她們穿著知名設計師所設計的衣服，可能是參考了那時買的書。

讀了初版的〈後記〉，文末的日期是「一九九三年二月——『和伊麗莎白・泰勒（Elizabeth Rosemond Taylor）同一天生日』」她很開心地寫著。二月二十七日。和美女同一天生日，是內人引以為榮的事情之一。因此，當伊麗莎白・泰勒隨著年齡增長，變成了普通的胖女人時，她感到很悲傷，還說：「真想幫麗莎做造型。」

時代也是，從像伊麗莎白・泰勒那樣，有錢的丈夫為太太買豪華服裝的女明星時代，演變成像戴安・基頓（Diane Keaton）那樣，穿著自己出錢買的簡單樣式服裝的女明星時代了。而在女性主動進入社會工作的一九七〇年代成為職業婦女的內人，對衣著的偏好當然也接近黛安・基頓。

內人出生於昭和二十六年（一九五一年），比我小七歲。昭和十九年生的我，如果勉強算是最後的戰中派，那麼內人就是純粹的戰後派了。因此，常常會有意見不合的情況。尤其關於戰爭的知識，我想內人是不足夠的。戰爭結束六年後她才出生，沒辦法。

有一次，我們一起在電視上看市川崑導演的《孤獨的太平洋》（一九六三年），石原裕次郎飾演隻身一人駕帆船成功橫渡太平洋的青年堀江謙一。帆船快到夏威夷前，經過中途島時，裕次郎起立默禱。內人不懂那意思。我說明太平洋戰爭時，稱為「中途島海戰」的日美大戰，日軍犧牲慘烈。她這才明白。

內人四十歲之後開始投入潛水。她跟我不一樣，運動神經很好。拿到執照後經常和同伴一起去各處海域潛水。她也邀我去，不擅於運動的我只好推辭。她說：「海底真的很漂亮喔，我是為了看美麗的海底世界而去的。」

有一年夏天，她說要去塞班島潛水。

聽到這個，昭和十九年出生的我大感驚愕。「說什麼到塞班島去玩，妳知道那是什麼地方嗎？」結婚以來，我從沒有對內人生氣過，這是僅有的一次。

不用說塞班島是昭和十九年七月七日，日本軍人大規模犧牲的島。許多不是戰鬥員的女人也從懸崖跳入海中，結束自己的生命。

到那樣一個充滿歷史悲痛的島去遊玩，是怎麼回事？我當然生氣。還好，聽了那段話的內人取消了塞班之行。

只是，我也被反唇相譏過，印象深刻。

「你呀，還不是常常搭新幹線去京都，你知道嗎？新幹線有經過関ケ原站喔，那裡是關原會戰時死了很多人的地方。上次一起去京都時，你也沒有在那裡默禱，不是嗎？」

昭和十九年，一個在日本戰敗之勢愈漸明朗時出生的人，一想到為戰爭而死的人就會忍不住掉眼淚。

我們一起看小津安二郎的《東京物語》（一九五三年）錄影帶，看到原節子的房間裡擺著戰死丈夫的照片時我就流淚了，內人笑我是愛哭鬼。

我是比較容易濕眼眶的人，內人則相反，向來爽朗。結婚典禮時我忍不住落了淚，內人卻連眼眶都沒有紅。從此以後一有什麼事，她就常常會搬出結婚典禮上的事來嘲笑我「愛哭鬼」。

就連看木下惠介導演的《二十四之瞳》（一九五四年）時，內人坐在幾乎一直掉淚的我身邊，不為所動。我說：「妳真不可愛。」她笑著說：「你才是哭過頭了呢。」還模仿電影《愛哭的孩子在哪裡呀？》（泣く子はいねえが）中，秋田縣生剝鬼館（なまはげ）祭神節活動的樣子。

長年寵愛的貓死去時，哭的也是我，內人則是冷靜地與寵物葬儀社的人聯絡。

漫長的結婚生活中，我只看過一次內人哭。去看碧娜・鮑許（Pina Bausch）的舞蹈劇場，最後鼓掌時身旁的內人激動得流淚。這讓我大吃一驚。當然，這眼淚是感動至深的眼淚。

被告知罹患癌症後，內人既沒有哭泣，也不曾說「難受」或「悲傷」過。一個人的時候怎麼樣我不知道，至少在我面前沒有吐過怨言，沒有掉過眼淚。只是淡淡地忍受著病痛。

最後那段時間，已經什麼都吃不下，但看到電視上大胃王女子吃著大份量的料理時，還覺得有趣而笑了。

二〇〇八年幾度住院又出院，拒絕了西醫建議的抗癌劑，轉而以漢方醫學治療。可能比較適合吧，原本被斷定「過不了年關」的內人，總算也熬過了年，但進入一月後，外人也能明顯看出她變衰弱了。

星期六、日盡可能在病房一起過。春天的某個星期天，內人的臉色看起來比平常漂亮，怎麼說呢，有一種透明感。

常聽人說，人在接近臨終時，容貌會像佛一樣光潔，可能是這樣吧。感覺好心疼。內人那天或許感覺略微舒服了些，她說：「好想看看新綠。」星期日醫院裡人很少，於是我讓內人坐上輪椅，推著她到醫院前的小綠地去。

內人默默看著各種樹木的鮮嫩新綠，與遠方駛過的中央線電車，然後，突然安靜地落下了淚。那是我第一次看到內人和「感動的淚」不同的眼淚，可能內心知道死亡近了吧。我只能擁抱內人，說不出話來。

喪禮上，我把《名為魅惑的衣裳》放進棺木中。

「一個人吃飯難以下嚥　和內人共享的晚餐開心愉快」（伊藤茂次）

前幾天重讀時，視線停在這樣的句子上：

「真正的女性時尚，並不是要配合社會價值觀，也不是為了吸引男人的目光，而是忠於自己的精神和喜好，那種時刻的女性最是美麗。」很有內人的風格。

「要是對她再體貼一點就好了」

小津安二郎導演的《東京物語》中，笠智眾的妻子東山千榮子先一步離世，他寂寞地對附近的老闆娘喃喃說著：

「我常想，早知道會這樣的話，她生前要是對她再體貼一點就好了。」

失去妻子的丈夫，可能全都會有這種想法。為什麼那時候沒有早一點帶太太去醫院，為什麼沒有早一點發現異常呢？

只有懊悔而已。

內人得了癌症後，我最難受的是，健康的自己仍不得不過著平常的時間，這樣的事實。

「一個人吃飯難以下嚥　和內人共享的晚餐開心愉快」（伊藤茂次）

「內人得癌症」這個非常情況，和「我在工作」這個平常情況不得不同時並立。被提醒還有一天或兩天截稿時，就算在病房也必須趕著寫稿。我到底在做什麼？不是應該一直陪在內人身邊嗎？愈想愈覺得對內人過意不去，難過得不得了。

一度因為太難過，向前來喪禮的師父尋求開釋。師父說：

「許多遺族都說過同樣的話，不過，請想想和夫人在一起的長久時間。雖然也可能有想到就難過的事，但那也是和夫人在一起的長久、美好時光的一部分。」

他這樣安慰我，但我為什麼最後一天不整天留在病房，要為了寫一篇短稿而回家去呢？

前幾天，和內人同年紀、幾年前經歷過父親去世的畫家，西田陽子女士說了這樣的話：

「母親到現在還會責備自己，說父親在家裡倒下時，為什麼不早一點叫救護車。我不知道該如何安慰這樣的母親。」

真的大家都這樣。

藤澤周平年輕時太太就得了癌症過世，據說才二十八歲，留下還幼小的女兒就去世了。藤澤周平曾經寫過一次這件事：

「那時候我感覺自己的人生好像也一起結束了似的。到死亡降臨為止所見的整個過程中，有著無法向外人說的事。共同經歷過那令人心碎的光景和時間的人，今後已沒有任何指望，也沒有重生的可能了。」（《半生記》）

這種心情現在明瞭到心痛的地步。

畫家谷川晃一先生的夫人，畫家宮迫千鶴女士，和內人差不多同時期也因癌症去世。我寫了一封慰問信，他來電回覆。

谷川晃一先生說：

「如果能代替她的話，真想代替她。」

大家的想法都一樣，這件事給我小小的安慰。

手術結束出院之後，我和內人曾經到銀座去。買完東西，她說想到T拉麵店吃拉麵。那是內人喜歡的店。

真的好久沒吃拉麵了，但內人連一半都沒吃完。因為食道手術後沒辦法順利吸食拉麵。

「啊，已經不能吃拉麵了。」面對這樣說的內人，我無話可說，不知道該怎麼安慰她才好。

內人正在與癌症戰鬥，自己卻什麼都做不了。不但如此，竟然還做著內人已經做不到的事。

工作、看電影、到下町散步、吃好吃的東西、有時跟朋友喝酒。

二〇〇七年九月，為了雜誌的工作，到甲州去做兩天一夜的旅行。那時已停用抗癌劑，改用漢方醫學療法，進行順利，內人精神還不錯，感覺在黑暗中照進微微的日光。後來才知道那不過是暫時的空歡喜而已，當時卻懷抱著或許會就此痊癒的希望。

「你去吧，轉換一下心情也好。」聽了內人這句話，我便出發去做兩天一夜的旅行。搭上從甲州發車的身延線，到市川大門站的街上散步。那一夜，住在井伏鱒二喜愛的下部溫泉。

稿子上寫得好像是愉快的旅行，但始終快樂不起來。內人都得癌症了，自己卻在做什麼啊，再度覺得懊悔。

我沒有向同行的編輯和攝影師提起內人生病的事。夜晚，我把正在喝酒的兩人留在屋裡，一個人先回房間。可能會被認為是個難相處的人吧。

那年秋天，金澤一家小出版社向我邀稿。為伊藤茂次這位很少人知道的已故詩人的詩集《祕密》寫解說文章。

因為是非常客氣的邀請信，本來不接新工作的卻接了。

伊藤茂次一直過著貧苦的日子，夫人因癌症去世。一般認為那似乎是他詩作的原點，打動人心的詩都是在歌詠已逝的夫人。

那
在我腳邊
生病
臥床
什麼都沒辦法做的內人
苦悶的臉
成為陽光的陰影

（〈怔怔然想望〉）

我的解說文章，繞著夫人之死而寫。

「在得到癌症、與死亡搏鬥的妻子面前，穿著寬寬鬆鬆的長褲和穿舊的衣服的『我』，什麼都無法為她做。這種殘酷，詩人只能忍受。妻子比自己先死去。『沒出息』的詩人，只能眼睜睜看著痛苦發生，這就是活著的丈夫的原罪。伊藤茂次這位詩人的詩，我想絕對不是從無賴的生活或酗酒的生活中誕生，而是從這樣的原罪中誕生的。」

我這樣寫道。因為太強調癌症的事了，編輯可能覺得奇怪。二〇〇九年三月，我收到那位編輯的信，說讀了《yom yom》的連載文章才知道內人因癌症去世，進而了解那篇文章的意思。實際上，在寫那篇文章的時候，我或許真的把伊藤茂次和自己重疊起來了。

「一個人吃飯難以下嚥　和內人共享的晚餐開心愉快」（伊藤茂次）

內人住院期間，我從御茶水的順天堂醫院走往湯島的下坡路途中，發現一家小食堂。玻璃櫥裡擺放著馬鈴薯、燉肉和奴豆腐之類的簡單小菜，客人可以自由取用，非常庶民式的食堂，價格也便宜。還有櫃台座位，方便一個人的客人單獨用餐。也有賣酒。

我每天去醫院的途中，這家小食堂成為我的藏身小店。比起氣派的料理店，這種小店更適合我的習性。

晚上住在病房，早晨先回家去，寫一點稿子，洗個衣服，傍晚再到醫院去。想到看到我的臉，表情就變溫柔的內人時，那樣的每天並不以為苦。只是，也會想擁有一個人放鬆、喘口氣的時候。即使是短暫的瞬間，也想忘記癌症的事。

那樣的時候，我就會走進這家店。不想去熟悉的店，不想遇到認識的人，只想一個人安靜一下。

在御茶水車站下車，去順天堂醫院前，順道去一下的這家店。在櫃檯的位子坐下，點一瓶酒，下酒小菜是金平牛蒡或燙菠菜。停留時間約三十分鐘。儘管知道喜歡居酒屋的內人大概不會生氣，但我還是沒能告訴內人。然而，如果沒有這一小段時間的話，我的身體可能撐不下去，必須讓溫熱的酒沁透體內。

以前經常和內人一起喝酒。

內人喜歡的店，是我們家附近名為I的壽司店。老闆夫婦人很好，沒有一般壽司店常見瞧不起客人的態度。主要是老闆非常喜歡工作，和一般只在壽司飯上擺放生魚片的壽司店不同，他還會添加一、兩種巧思。

當我的書意外地再刷，不勞所得入帳時，我只要說一聲「走吧」，內人立刻知道意思是要去I店，會笑著回應「喔」，隨即準備出門。

新婚時期住在三鷹的公寓，一樓就是壽司店，卻一次也沒進去過的我們，終於可以去壽司店了。

配鯛魚或比目魚下酒，享受快樂的時光。或許因為這樣，剩下一個人的現在，無論如何都不想再去那家店。雖然師父開釋說：「我想夫人也在一起吃著。」但和內人度過愉快時光的店，自己一個人去，我會覺得對不起她。不只I店，其他店也一樣。和內人一起去過的店不知不覺間就不再去了。

為了寫這篇文章，拿出好久沒看的伊藤茂次的詩集。夫人去世第四年的這首詩中，有令人鬆一口氣的地方。

一個人吃飯難以下嚥

和內人共享的晚餐開心愉快

看看日記，和內人最後在醫院共進晚餐是六月二日。那之後內人就無法再進食了。

安靜的喪禮

二〇一〇年二月，立松和平先生突然去世。

這真驚人。因為他比我年輕三歲，經常爬山，到世界各地旅行，看來是非常健康的人。

《文學界》邀我寫一篇追悼文。

我接下邀稿，對著書桌卻難以下筆，不只因為悲傷沉痛。不久前還好好的人，竟已成為死者，要追悼他了，這般匆促令我不知所措。追悼文的性質我沒辦法改變，不過總覺得過意不去，感覺愧對死者。

不是應該安靜些，緩慢地面對死者嗎？卻變成把不久之前還在這邊的人，倉促地送往那邊去。一邊寫著追悼文，一邊對立松和平感到非常抱歉。

大江健三郎在一篇隨筆中提到。

上次去聽巴哈的《馬太受難曲》，聽了那莊嚴的演奏，心情變得肅穆起來。演奏結束時，指揮放下指揮棒的瞬間，場上響起「Bravo!」的喝采聲。大江先生對觀眾快速的反應很不適應。沉浸在宗教音樂中，安靜地感動時，那種鼓譟的舉止應該收斂一點吧。

神戶大地震後，來日本在三得利廳舉行演奏會的俄國大提琴巨匠羅斯托波維奇（Мстисла́в Леопо́льдович Ростропо́вич）為了追悼死者，最後演奏了巴哈的《無伴奏大提琴組曲》，據說在那之前，羅斯托波維奇這樣請求觀眾：

「因為是為追悼死者所演奏的，演奏完畢後希望大家不要拍手。讓我們默哀。」

追悼死者希望能在默哀的氣氛中進行。

內人去世後，不得不立刻準備喪禮。不久前還活著的人馬上就要以死者待之，為此我對內人深感抱歉。

至少可以做到的是，讓喪禮在默哀的氣氛中進行。近年來，喪禮多半只有親屬到場，簡單舉行，之後再舉辦追思會，可能是想避免流於形式。

只是，以我參加過的例子，追思會上難免會供應酒，結果多半變成像派對一樣。明明是為了追悼故人的聚會，一旦有酒，氣氛就逐漸破壞了，場內各處湧起笑聲，甚至變成互相交換名片的場所。

為了送別五十七歲年紀輕輕就去世的內人，希望能避免酒和笑聲，嚴肅地進行。

內人年邁的雙親還健在，為了他們也希望喪禮能安靜，希望在悲傷中送走內人。

我知道有喪禮無用論的說法。但我認為，人在生活中也需要「儀式」，將流動在其間的時間與日常的時間區別開來。

喪禮在所有儀式之中是最嚴肅的，人們置身於儀式中追憶死者，念及有一天自己也必將面臨死亡。透過儀式，日常生活和非日常一分為二。雖說形式化，但我認為，面對死亡這種沒有半點商量餘地的事情時，形式是有必要的。悲傷這種活生生的感情，可以藉著形式沉澱一下。

喪禮的儀式希望素簡。幸虧，當新聞記者的外甥認識葬儀社的社長，接洽後，完全依照我們的希望舉行。

我們提出了幾點要求。

喪禮的空間可以小，但希望是當天只舉行這一場喪禮的地方。雖然知道這項要求很奢侈，但我不希望在一天舉辦好幾場喪禮的大型殯儀館禮廳中送別內人。

很幸運，葬儀社為我們找到杉並區一家寺院附屬的小型葬儀堂。靈前守夜不飲酒。

我們無論如何都無法同意供應酒給來守夜的人。過去在朋友的喪禮上經驗過幾次，都沒有好印象。親人安靜地聚集是好事，但和故人並不親的人，上了香之後開始喝酒，酒一下肚，漸漸忘記守靈的氣氛，開始笑鬧起來。喪主為了顧及對來客的禮貌，還得打圓場說「故人也喜歡熱鬧」，甚至殷勤勸酒。我不要這樣。

將內人憔悴、虛弱，最後安靜地斷氣的模樣烙印在眼裡的我，無論如何都沒有心情說出「故人喜歡熱鬧」這種客套話。

於是和葬儀社商量，不提供守夜的酒。這樣做，不免對前來致意的朋友們失禮，因此也辭退奠儀。

還有一個小細節要拜託葬儀社，取消悼電的宣讀。

悼電是無法出席喪禮的人所傳來的，宣讀時通常會挑知名、傑出人士的悼電，反倒顯得我們很看重頭銜似的，故而取消。

結果，喪禮只剩下師父誦經，和內人所尊敬的丸谷才一先生、內人親近的編輯吳清美女士兩人致悼詞而已。有這些，已經十足感謝了。

誦經的師父是內人親近的編輯關口裕子女士（原《電影旬報》總編輯）的弟弟，在埼玉縣蓮田天台宗寺院修行的僧人。我們委託關口亮樹先生，我希望請稍微有緣分的人來為她誦經。

誦經和致悼詞，接著由到場朋友上香。如願進行的安靜喪禮。後來，熟識的作家諸田玲子女士說這是「很好的喪禮」，我也為內人感到欣慰。

我不是有信仰的人，並沒有想託身給神明。只是和很多日本人一樣，想悼念親近的死者的念頭很強烈，也一定程度上相信死後有靈魂存在。

經文也是第一次打動我。經文匯集了自古流傳下來的前人智慧，引導我們以平穩的心情走過悲傷。

在裊裊香煙中聽著誦經聲，感覺悲傷逐漸減輕。無處安頓、起浮不定的悲慟，隨著儀式的肅穆逐漸穩定，找到可以存放的地方。

那個地方，就是內人現在去的地方，是很久以前去世的雙親所在的地方，也是未來自己將去的地方。

喪禮時攝影師稻越功一先生和安西水丸先生一起來。以前，稻越功一先生的攝影作品和我的文章搭配出版成《記憶都市》（白水社，一九八七年）。這幾年沒機會見面，因此看到稻越功一先生穿著他招牌的白布鞋來時很高興。

但，怎麼回事呢。

隔年二月中，收到稻越功一先生的來信。竟然，他也得了癌症。這封信是為了向朋友和認識的人說明情況。

在內人的喪禮上見到面時，完全感覺不出來。知道他是勉強壓住癌症的難受，勉強打起精神前來，不由得欽佩感激。

我寫了慰問信，但就在那之後的二月二十八日報紙刊出訃聞。二十五日去世了，六十八歲，肺癌。不禁說不出話來。

後來夫人稻越敬女士寄了信來。原來是二〇〇七年八月被告知罹癌，雖然如此仍一邊接受抗癌劑治療，一邊繼續工作了一年半。因此我一直以為他健康。

「我先生收到您的鼓勵信，在床上重讀了好幾次。」讀到這裡我淚流不止。在準備《記憶都市》時，稻越功一先生和我都才四十歲中期，離死還很遙遠，完全沒想到結果會是這樣。

重要的人相繼離去，年歲讓人束手無策。

二〇一〇年一月初，內人的父親忽然去世，八十八歲。正月才接到賀年電話，聲音還很健朗。六月想舉行惠子的三周年忌，所以我邀請他們務必來東京。

就在那之後去世的。根據岳母的說法，那天早晨精神還很好，到了中午左右，開始不舒服，在床上躺下來，就那樣去了。

在愛知縣的一宮市舉行喪禮。

從工作崗位退休好幾年了，幾個以前的部下都來了，可以看出岳父為人的耿直。

他喜歡登山。內人說，她小學時父親就帶她去登山了。內人手術那天，從一宮市來到東京的岳父說：「惠子從小就不服輸，跟大人一起爬上山頂，是個很有耐力的孩子，這次手術一定也能撐得過。」

正因如此，心愛女兒的逝去，岳父一定難以承受吧。內人臨終前，他流著淚、握著女兒的手說：「不要比我先走啊。」那身影令人無法忘記。

述說幸福的回憶，不是最開心的事嗎？

居家照護

吉田秋生的《海街日記1：蟬鳴雨停時》是一本描寫三姊妹加上一個同父異母妹妹的四人為主角的動人漫畫，故事中收到父親死去消息的長女說了一句令人難忘的話。

和自己的母親離婚，到山形縣一個有溫泉的小地方和新的女人一起生活的父親，罹患癌症去世了。住在鎌倉的三姊妹已經有十五年沒見到父親，收到信到山形去參加喪禮。

回程，在鎌倉的市民醫院當護理師的大女兒，對兩個妹妹悄悄說出這樣的話：

「要面對死去的人，需要很大的能量。」

癌症患者的家人中，有的不想見到親人病弱的模樣，即使來醫院探病也一下就回去，無法接受現實而逃避。

大女兒說，剛開始她對這種人很生氣，現在她會想，這也是沒辦法的事。她接著說：「責備他們承受不起悲傷，也很殘酷。」

讀這本漫畫，是在內人去世的二〇〇八年夏天，讀到當護理師的大女兒的話時，不禁反省自己是否真有好好地面對日漸衰弱的內人。

去世前兩個月前左右，內人開始急速衰弱，所以一直在順天堂醫院住院。到了五月初，她忽然說「想回家」，還說「想死在家裡」。

無論如何都想順應內人的願望。居家照護，對沒有孩子可分擔照護工作的我來說，會很困難，剛開始我沒有信心，但內人最後的願望無論如何我都要實現。

那時候內人的漢方師很反對，認為由沒有經驗的我來照顧臨死之人並不適合。但我們仍瞞著醫師，悄悄進行居家照護的準備。

這位漢方醫師是位名醫，夫人也是醫師。剛開始為我們看診的銀座的漢方醫師放棄後，經過大學時期朋友的介紹，接手內人的治療。這對非常親切的夫婦，不斷鼓勵灰心的內人和我。介紹我們的朋友罹患胃癌，多虧了這位醫師，現在已經恢復健康回去上班了。我們為什麼沒有早一點來看這位醫師呢？至今仍感懊悔。

因此，我們不顧這位醫師反對，私自決定改為居家照護，內心也很煎熬，但我以內人「想要回家」的心情為首要考量。

住家附近的醫師、訪問護理師、居家服務員等都接洽好之後，內人回家了。

五月十日。那時候內人還勉強可以搭計程車。平常內人的大小事情都由年輕護理師S小姐貼心照顧，為了進行居家照護，她也仔細教我點滴使用方法等事宜，還送我們到醫院的計程車上車處。

計程車開動後我回頭看，S小姐仍站在原地向我們揮手。我告訴內人：「S小姐還在目送我們喔。」內人說：「我不敢看，看了會掉眼淚。」所以沒有回頭。

以前就聽說，女明星入江若葉說過這樣的事。她母親是大明星入江隆子，衰老之後也從醫院回家。一般說來，多半會讓病人睡在寢室，然而入江若葉小姐卻安排母親睡在起居室。這樣的話，母親就會一直是闔家團圓的中心。

這故事令我印象深刻，雖然我們家沒有小孩，我還是決定內人的床不必設在寢室，改放在起居室。在東南角的這間起居室陽光充足，比較明亮。

大概在得知罹癌的半年前，因為夫妻倆年紀都大了，曾將公寓重新裝修過，所以起居室很新。好久沒回來自己家，內人似乎鬆一口氣般，凝神注視著。

裝修的大小事都是內人在操心，和業者交涉、設計創意、預算控制等。夫婦加起來已經超過百歲了，因此將家裡改造為適合高齡者使用，是最重要的目的。

無障礙空間設計，到處都設有扶手，結果這在居家照護時發揮了一點作用。

裝修期間我們仍住在裡面，所以家具和書要不斷搬動，廚房、浴室和廁所得保留，這些都增加了裝修的困難，前後大約花了兩個月的時間。

也有愉快的事情。在浴缸無法使用期間，兩人每天晚上都到附近的澡堂去泡澡。我在街上走路時，看到喜歡的澡堂是會信步走進去的人。沒去過大眾澡堂的內人，對澡堂似乎覺得很新奇，說著「好寬敞，好舒服啊」，覺得很有趣。因為水太燙，先把水舀出來放涼一點，沒想到惹火了老闆娘而嚇了一跳。

因為是初夏，從澡堂泡完澡回家的路上，先到附近的居酒屋喝的啤酒相當美味。好像回到新婚的心情似的。作夢也沒想到過了幾個月後，癌症居然降臨。

雖說是小公寓，重新裝修卻仍動員了不少人，算是不小的工程。大家都很賣力，而且好像很快樂，可能是喜歡製作吧。為這些人準備點心也是內人的工作。她會每天準備不同的東西，有時烤鬆餅，有時捏飯糰，有時也做散壽司。

核心工作者是兩位年輕的木工師傅，才二十幾歲和三十幾歲。從早上九點默默做到傍晚六點左右，一天的作業結束後，收拾得乾乾淨淨。工作完畢後的整理才費工夫吧，但他們不怕辛苦，反倒是我們忍不住說：「反正明天又會弄髒，就不用收拾吧。」但他們還是不肯停手，反而說：「再一下就好。」

他們既不自稱「僕」也不自稱「俺」，而是用「自分」，真有趣。最後一天做到晚上九點，善後完畢，說：「自分就先走了。」說完就回去了。

內人給他們小費，送他們出去後，說：「這樣的孩子如果是我們的孩子，該多好啊。」還說每天給這兩人準備點心很快樂。因為種種原因我們家沒有小孩，但內人似乎想要孩子。

今年夏天也做了小小的改裝，上次那位年輕的K先生又來幫忙。

「請問太太呢？」被這麼一問，我說明情況後，K先生頓時說不出話，幾乎呆住了，一時間在玄關站定不動。

居家照護，老實說真辛苦。

光說點滴這一件事，外行人就很難做好。要把點滴的針頭刺進內人細瘦的手臂時，手不禁發抖。有一次家裡停電，頓時陷入恐慌。

而且，拜託附近的醫師做醫療照護時，對方會事先聲明這是「臨終關懷」。換句話說，是預設為無效的救治。

正如吉田秋生漫畫的長女說的「要面對死去的人，需要很大的能量」，但想到內人一定更難過時，就沒辦法氣餒。

我不打算寫看護日記，因此當時並沒有仔細記下每天的情況。只有一次，發生過這樣的事。那天，無論如何有事情必須外出，拜託居家服務員留守。後來事情有些耽擱，回家的時間比預定的晚了一些。

在澀谷車站正要搭乘井之頭線之前，居家服務員打手機來告訴我事情，雖然落座的同時就掛斷電話了，但可能聲音大了些，身旁的中年女性要我小聲一點。我不假思索就脫口而出：「我太太正在生死關頭！」回過神發現自己正在怒吼。是神經繃太緊的緣故吧。可能被我的氣勢嚇到，那位女性不再開口。我激動的情緒一時之間仍無法冷靜。

居家照護持續了兩星期左右，內人說：「我想回去醫院。」或許她察覺到我在強撐，如果回到醫院，她比較可以安心離去。

五月二十七日，再度回到順天堂醫院。我深深感覺到自己的無能為力，面對逐漸虛弱下去的內人，我什麼都做不了。

清晨，預約的救護車來了。因為不想讓其他住戶知道，事先拜託救護車不要鳴響警笛。

來了五名強壯的男性救護員，讓內人躺在擔架上，抬上救護車。公寓的電梯窄小，擔架容納不下，他們從三樓的安全梯將內人抬下樓。

車子開往醫院所在的御茶水之後，救護車的警報聲才鳴響。我坐在擔架旁邊，一路上握著閉上眼睛的內人變得細瘦的手。那時清晨街上鳴響的警笛聲，到現在我都忘不了。

人們通常會留下沒做完的大小事情就離世，能把身邊的東西整理好才去的人非常少吧，總是無論工作或家裡事，做到一半就不得不撒手離去。居家照護時，我想內人曾打算整理身邊的東西。她也在我協助下，幾次到自己的房間去，只是很快就沒有體力和精神了。

內人已經去世將近兩年了，到現在我還沒有力氣整理內人的房間。

善福寺川綠地散步

內人很開朗。

好幾次，她的開朗救了我。剛結婚時，我辭掉朝日新聞社之後所做的工作總是無法提起興趣，因而悶悶不樂的我，常被內人逗笑。

她有時會表演拿手的藝人模仿秀，或把公司裡出的差錯說成好笑的事來聽。

即使在得知罹癌後，她也沒有失去開朗，無論對自己或對我，都說一定會好起來。

得知癌症是在二〇〇六年十月。讀了關於癌症的幾本書之後，看到食道癌手術的介紹，在癌症手術中算是不簡單的。真不希望讓內人接受那樣的手術。如果不做手術，選項剩下放射線治療。

能不能靠這個得救呢？在認識的人介紹下，我們去拜訪一位和內人幾乎同年齡的女性，她也在同時期得了食道癌，沒有做手術，正在接受放射線治療。我們去聽聽她怎麼說。

她看起來精神很好，這大大地激勵了我們，開始傾向放射線治療。雖然順天堂醫院強烈建議做手術，但我們說希望稍微等一等，也就是尋求第二意見，到那位女士住的醫院，放射線治療相當獲好評的茨城縣的醫院去。

但診查的結果很無情。癌症已經惡化到相當程度，不適合做放射線治療，只能靠手術。比我們年輕許多的醫師這樣說。

那是冬天一個寒冷的日子，還下著雨。我心情非常低落，內人卻很快重新鼓起勇氣，在回程的電車上開朗地說：「好吧，那就做手術。」

手術前必須先把體力養好。內人提出：「到銀座去吃壽司吧。」去到銀座，我們挑了一家店名為U，美味且價格合理的壽司店。本來就喜歡壽司的內人這時候真的吃了很多，在回程的計程車上逗趣地說：「吃飽了，吃飽了。」可能因為決定做手術了，不想露出膽怯的模樣。在她的開朗中，我的低落總算得救了。

新年過後，敲定了一月十八日在順天堂醫院開刀。從年底到年初，內人為了補充體力吃了不少，體重增加，瘦瘦的身體略略豐滿一點。我默默祈禱手術順利。

這幾年新年，我們總是期待看電視實況轉播的「箱根驛傳」接力賽跑。今年新年我們更一心一意觀戰，因為順天堂大學隊派出最有希望獲得冠軍的隊伍參賽，在順天堂醫院動手術的患者們，比平常更起勁地為選手們加油。

以擅長跑山路聞名的今井正人選手在箱根的坡道上一連超越幾位原本領先的跑者，在去程拔得頭籌，回程也一路領先，順利拿到冠軍。「今井！今井！」在電視機前的內人非常開心。

第二天的報紙上，今井選手的照片大大地刊登出來，內人也剪下那張照片，裝進自己的「護身符」裡，可能是想以開朗的舉動鼓舞自己。為了手術再住進順天堂醫院時，看見醫院門口大大地掛出「慶祝冠軍」的布條，我們兩人也開心地拍手。

手術後內人依然很開朗。

醫師宣告「已經移轉到肝臟，過不了今年」，我決定極力隱藏情緒，盡可能不露出消沉的神情。內人似乎是因為總算順利度過了大手術，暫時鬆了一口氣，會在加護病房中和年輕護理師們輕鬆聊天。

在加護病房裡，內人還說了這樣的事讓我笑。

她說全身麻醉睡著的時候，作了很奇怪的夢，夢見自己置身在亨利・盧梭（Henri Rousseau）所畫的熱帶叢林那樣的地方。

環視周圍，有大象和河馬。「很奇怪唷，大象是黃綠色的，河馬是紫色的。」上一個秋季，從順天堂醫院看診回來，兩人到世田谷美術館去看了正在舉行的亨利・盧梭的畫展。「可能是受到那個影響吧。不過盧梭沒有畫的東西也出現了。你猜是什麼？」

她說夢中居然出現了好幾十個福助[6]，就像手塚治虫的漫畫所畫的葫蘆菇那樣的福助。大象則是像山上龍彥的漫畫《GAKI DEKA》中的非洲象。因此她像新發現似的說：「山上龍彥畫那漫畫，一定是服了藥，在迷幻狀態下畫的。」

她這樣說的時候，看來很開心。後來還說了幾次：「都沒有再作到那麼有趣的夢了，真希望再作一次吶。」甚至開玩笑地說：「乾脆再動一次手術怎麼樣？」

從我們家走路約十分鐘的地方有一條善福寺川，兩岸設有休閒步道。我小時候那裡還是濕地，基本上是沒人會去的地方，但東京奧運時，東京都政府把那裡整治成綠地，種了楠木、櫸樹等，現在都已長大成林，變成森林般的優美綠地了。

術後出院，可以在家過日常生活時，清晨，兩人到這善福寺川的綠地散步，便成為我們每天的早課。

順天堂的醫師，以及術後為我們看診的銀座的漢方醫師，都很鼓勵我們早晨散步。

6．頭大身形短小的男偶，據說能帶給人幸福。

二月六日出院，此後我們開始晨間散步，從一小時到一個半小時，在樹林內也做點簡單的體操。

那時候內人還有力氣，可以一腳搭在善福寺川綠地所架設的橋的欄杆上，單腳站立；或倒吊在攀爬架上，做著想做的體操。她的腳可以抬得比我高。運動神經本來就好，她很開心地說：「做運動心情真好。」

雖然如此，那年春天觀賞櫻花時卻說：「明年不知道能不能再看到。」坐在公園長椅上長久凝望櫻花，看著新綠，或許她是以此生最後的目光在凝望。

新綠時節的綠地，走起來神清氣爽，心情好愉快。內人喜歡楠木和桐樹，在那些樹前深呼吸幾次，再抱住樹幹。

從那時開始，為她看診的銀座漢方醫師會用「會好起來」、「真的正在好轉」這樣的話鼓勵我們，內人和我都覺得生命出現了曙光（後來才知道是空歡喜一場）。

一星期一次，到銀座的漢方醫師那裡看診後，我們會在銀座享受用餐、購物的樂趣。心中浮現可能真的會痊癒，奇蹟也許會出現的念頭。

內人應該也這樣想過，她天生的開朗個性表露無遺。

早晨，在善福寺川綠地散步時，漸漸會遇到一些熟面孔。內人會和這些人親切地打招呼。有牽著狗散步、穿著體面的老人，有推著娃娃車、載著老狗的婦人，有兩位感情融洽的中年女性一起散步，有從遙遠的大宮八幡那邊步行而來的婆婆，有獨自默默慢跑的女人，有和父親一起牽狗散步的小學男童。

對自從得癌症起就無法再過社交生活的內人來說，每天早晨和這些人見面，彼此交換個一兩句話，說得誇張一點，可能是自己還活在這世界的一種證明。

她把穿著體面的老人擅自稱為「時髦歐吉桑」，把精神飽滿的婆婆稱為「瑪波小姐」[7]，還會開開心心地把中年女性二人組取名為「海倫和露西」。

每天都看到的小學男童，如果哪天沒見到就會覺得好寂寞。那個男孩子常常看著內人和我像稻草人般單腳站立，覺得很有趣，後來他也模仿稻草人。有一次內人送他餅乾，第二天早晨，他就帶著自己家種的玫瑰花來回贈給內人，表達謝意。內人最後的日子裡，所幸有這些陽光般的溫暖時光。

內人常去的美容院裡有位男性十月要結婚，她很高興地去參加婚禮和喜宴。那是內人最後一次出門。

天氣轉冷之後，身體狀況逐漸惡化，沒有力氣去散步了。腳也抬不起來，無法單腳站立。不久前還能做到的事，此刻已無法再做到，不知道有多難過。

十月，聽說一年多前見過面，持續在做放射線治療的女士去世了，我沒告訴內人。接著春天以來飼養的阿比西尼亞小貓突然死去。綠地的綠意也減少了，令人想起歐・亨利（O. Henry）的《最後一片葉子》（*The Last Leaf*）。

新年過後的一月十六日，內人已經不知第幾次住進順天堂醫院了。那天早上的事令人難忘。出發時，向來那麼開朗的內人竟然小聲說：「不知道還能不能回來。」那天晚上我在日記裡寫下稚拙的短歌。「一再住院的日子，還能回家嗎？抱住這樣說的妻子。」

有一種所謂「回憶的長椅」。

7・阿嘉莎・克莉絲蒂（Agatha Christie's Marple）推理小說裡的人物，《瑪波小姐》（*Miss Marple*）曾拍成英劇。

東京都有一座公園，只要付出相應的費用，就可以幫你放一張長椅。讓對該公園有特別回憶的人，心懷感謝地設置長椅。

內人和我每天早晨到善福寺川綠地散步的最後的日子，休息時所坐的就是這「回憶的長椅」。椅背上寫著「和孫子玩耍的回憶」，或「喜歡這公園的內人的回憶」等文字。

今年冬天，我想在善福寺川綠地請他們設置一張回憶的長椅。因為在這公園的日子，我和內人留下最後快樂的回憶。

在稱為公園墓地的靈園想念亡妻，獨自吃便當

電影評論家大前輩，飯島正先生上了年紀後夫人先辭世，之後開始詠起想念妻子的短歌，而且在自己過世前，以個人出版的方式出版了《飯島正歌集》（一九九一年）。八十歲後，沒有拜師，一個人開始作歌，自稱「八十習作」。

先生惠賜的那本歌集，我有時會翻開來讀。懷著夫人去世後的悲傷，用大約十年的時間靜靜地寫下獨居的寂寞。

不敢相信醫師「臨終」的宣言

才剛看見妻的手指動了一下

從這裡，他寫出追悼夫人的短歌集。

妻枕邊原有一本小冊子
如今才發現有「好苦」一語

整理完妻的相簿時
一張張　往事歷歷　如在眼前

和先生一樣，我也整理了內人的相片，做成相簿。從嬰兒時期開始，歷經成長、結婚，到從事時尚評論工作為止。

推測余命將盡時　倩影仍將綿綿不絕
夢中見到妻臨終安詳的容顏
一瞬之間　聽見雨聲

想起內人臨終的場景，正如字面所寫、名副其實的「斷氣」。被宣告「一點四十四分」，人死的時候，醫師一定會不帶感情地宣布，這樣反而能穩住家屬激動的情緒。

黑澤明導演的《紅鬍子》中，名叫長次的孩子臨死前，演他姊姊的女子（二木照美）跑到屋外的井邊，朝井底大喊：「長次！長次！」

她相信只要朝井底喊叫，臨死之人就會被喚回的傳說。然後奇蹟出現，男孩得救了。

現代已經不會發生這樣的奇蹟了。而且現在醫院裡如果有患者過世，家屬必須立刻準備喪事，將病房空出來。

夫人宮崎恭子女士先去世的仲代達夫先生，在〈妻子先走了〉（收錄於《老化也是進化》一書）這篇文章中，寫到在最後難過的日子裡如何勉強自己振作。

「那時候，我做了殘忍的事：在她的心臟還在跳動的時候，就挑選她喪禮上要用的照片。想找出她最好的照片，某種意義上是拚命找，在她還一息尚存的時候……」

我也是這樣。最後一天，當護理師告訴我「病危」時，我不得不開始準備喪事。內人還有一口氣，就像仲代達夫先生所寫的那樣。「處在那樣的極限狀態時，不得不做一點什麼。內心悲痛不已的自己，和不得不應付現實的自己同住在一個身體裡，度過煎熬的每一天。」

半夜，葬儀社的人來了，把內人的遺體移到車上。向一直照顧到最後的護理師S小姐道謝後，我與趕到醫院來的二姊和從一宮市來的岳母一起，帶著內人上路回家。很奇怪沒有流淚。不得不花心思準備喪禮這個迫在眉睫的現實，讓人沒有餘裕傷心。或許，喪禮就是為了凍結悲傷而存在的儀式，把被留下來、還活著的人，往現實這邊拉回來。

飯島正先生歌集的〈後記〉中，記著這樣的事。

「我找到這種真實感覺。也就是短歌這種東西，是能把無法寫成文章的事，不害羞地、安心地表現出來的形式。」

我想短歌的格式，能把露骨的感情柔化下來。個人的感受循著自古以來的形式，轉化成一般。

這麼說來，我母親在二〇〇四年五月，九十四歲去世時，在筆記本中也留下約六十首短歌。一起生活的二姊在整理遺物時發現的。二姊也說，她不知道母親有在寫短歌。

八十歲過後，回顧以往，似乎把各種感想寫成了短歌。同樣也沒有向誰學習，和飯島正先生一樣是「八十習作」。

深更醒來　無法再入睡
心想　我的日子或許就到明天
走過八十之路　一人獨行
向老坡道　前途之光　點點黯淡

悲傷和嘆息不以活生生的語言表現，只封存進短歌這樣的形式中。深切體認到形式的美感與強大。

自從內人得癌症後，我有時也作起短歌。同樣沒有求師，是「六十習作」。自知拙劣，謹以幾首見笑。

明日手術　等待之夜
看著卡萊．葛倫的電影　笑得開朗的妻

得病以來　吾妻幾度說道
「抱歉，給你添麻煩了。」
「我治不好。」醫師像在道歉般說

和妻二人默默聽著
已經無救　被醫師放棄之夜
妻依然默默做著銀芽蒸豬肉

「銀芽蒸豬肉」是把豬五花肉鋪在豆芽菜上蒸熟的簡單料理。這是從名叫古馳裕三這位喜歡料理的演員的書中得知的，內人也常常做這道菜。尤其因為我說好吃，所以時常會做給我吃。

被銀座的漢方醫師放棄的那天，內人也做了這道菜。對喜歡做菜的內人來說，能夠站在廚房，或許勉強支撐了內心吧。

然而，新年過後，漸漸沒辦法站在廚房了。一個寒冷的早晨，正切著高麗菜的菜刀滑落地上；已經連菜刀都拿不住了。

切高麗菜的菜刀　滑落地上
「沒辦法再做料理了。」呆呆站立的內人

二月，內人接近五十七歲生日的早晨

聽說要對她說明安寧照護了
內人依然去看牙醫

說好至少要活六十年的妻子
五十七歲就過世了

我收到一位女士悼念過世先生的信，幾年前她丈夫得癌症去世了。她寫道：「能夠平靜地回憶起和丈夫一起的快樂日子，是在滿六年的忌日之後。」消化至親之人離去的哀傷，是十分漫長的。

現在我每星期一次，和親近的朋友一起喝酒，很快樂。不過，愈是快樂，夜深之後回到沒有人的家裡時，寂寞就愈深。再度想起飯島先生的短歌——

這孤獨不該對外人說
讀偵探小說到黃昏

偵探小說是沉重的。小說有兩種，一種是「身歷其境」，一種是「讓人忘記自己」，這好像是文藝評論家平野謙說的。偵探小說可以讓人忘記自己，悲痛時，比起「身歷其境」的小說，比較會想讀能忘記自己的小說吧。我也比以前讀了更多推理小說，「忘記自己」才能好好入睡。

我去內人的墓地時會帶便當去。墓地在小平靈園，內人和我父母都在這裡長眠。小平靈園是所謂的公園墓地，綠地很多。在櫻花和新綠的季節，我在墓前吃便當，心情會平靜一點。

在稱為公園墓地的靈園
想念亡妻　獨自吃便當

內人去世之後，我收到畫家西田陽子女士的來信。其中有一句：「我想對還活著的人來說，最高興的，莫過於述說幸福的回憶。」

於是，現在的我，盡可能努力去回想「幸福的回憶」，例如：住在三鷹的新婚時代，每星期去吃一次燒肉；夜晚睡覺時，爭相讓暹羅貓來自己身邊；第一次擔任年輕朋友的媒人。

還有幾次旅行的事。因為沒有孩子所以經常兩個人去旅行，尤其國內的旅行印象深刻。一九九八年，第一次去屋久島；夏天為了吃海鰻而去京都；為了回內人的娘家一宮市，而去高山和郡上八幡；二〇〇六年夏天，成為最後一趟旅行的北海道旭山動物園和富良野。

既不打高爾夫，也不打網球的我，唯一的樂趣是在市區散步。最近，腳步的方向也改變了。以前經常往東京的下町去，最近，比起熱鬧的地方，不如人煙稀少的地方、安靜的地方深得我心。

尤其是甲州。從高尾搭乘每站都停的慢車，在小站下車，在街上走走或到桃樹果園、葡萄園裡漫步，幾乎不會遇到任何人。那樣的時候，可以感覺到內人就在身邊。

最近，在甲州聽到這樣的傳說：「人死之後七天內如果下雨，那個人就可以上天堂。」內人去世是在六月十七日，翻看日記，五天之後的六月二十二日，下雨了。

有妳的時候，在京都
（桑原武夫學藝獎 頒獎典禮）

後記

「人的一生，沒有比臨終更莊嚴的事。」黑澤明導演的《紅鬍子》中，三船敏郎飾演的江戶名醫這樣說。

內人川本惠子於平成二十年（二〇〇八年）六月十七日上午一點四十四分去世，享年五十七歲。

比我小七歲的內人這麼早過世，真是作夢也沒想到的事。實在太難過了。我們在一九七三年結婚，一起共度了三十五年。在一起已經成為自然、當然的狀態，因此變成一個人之後，老實說每天都很寂寞。後悔什麼都沒能為內人做，總是被這樣的無力感襲擊。

陷入這樣情緒的日子裡，一直鼓勵我的新潮社阿部正孝先生、田中範央先生、野木正英先生，他們三位在二〇〇八年七月為我辦了一次飲酒會，會中為我介紹《yom yom》編輯部的楠瀨啟之先生。

席間楠瀨先生對我說：「要不要寫夫人的追憶錄？」之前也有幾個人提

議過，但多半是稿紙四、五張[8]的隨筆，那樣的篇幅沒法寫出內心的情感，因此拒絕了。

楠瀨先生說，幾頁都可以。他還提議不必依照時間順序，可以寫成一小篇一小篇，最後再編輯成文。這讓我大大地心動了。

於是在《yom yom》雜誌上開始連載。寫作時有時想起很難過的事，我對自己說，這是什麼都做不了的自己，給內人的道歉信。

為了不要沉溺於感傷，極力保持冷靜，稿子盡量在早晨很早的時間開始寫。早晨，起床，煮飯，把飯供在內人的靈前，然後攤開稿紙。這成為一種儀式。

自從知道是癌症後，日子裡全都是悲傷的事，但和內人的婚姻生活是快

8．日文稿紙一張為四百字。

樂的。因此我特別留意盡量寫快樂的回憶，寫內人開朗的一面。為期一年的連載能夠寫完，是因為有楠瀨啟之先生充滿真情的鼓勵。為了讓我能確實做早餐，好好吃飯而送我砂鍋的，也是楠瀨先生。

重要的人一一去世。

這個四月，井上廈（井上ひさし）先生去世了。去年秋天才公開得癌症的消息，死亡來得太快了，令人驚愕。

與井上廈先生初次見面是在一九七一年，當時我還在《朝日Journal》雜誌編輯部，向他邀稿。井上先生在我辭掉朝日新聞社的工作後依然持續鼓勵我寫作，介紹了幾位編輯給我，始終真心、堅定地支持我。我們的結婚典禮，他也在百忙中特地撥冗來參加。

今年一月，內人的父親大塚一郎去世，享壽八十八歲。

內人去世後時間過得好快，到六月就兩年了。一個人的日子總算勉強過了下來。幸虧姪女夫婦住到附近來，兩隻貓也接過去了。

這本書能出版，多虧了《yom yom》的楠瀨啟之先生、負責單行本的田中範央先生，以及阿部正孝先生和野木正英先生。

此外，也衷心感謝在喪禮上致悼詞，真情流露的丸谷才一先生，與內人的好友編輯吳清美女士。

寫完追憶錄　心靜下來

妻去世後　第二度春季

川本三郎，二〇一〇年四月

附錄

「離別」的沉重代價

西川美和

二〇〇八年六月，失去了因食道癌去世的時尚評論家妻子惠子女士的川本三郎先生，最近出版了這本文集。

我從出道開始，就請川本先生寫電影評論，因而結緣。接到訃聞便趕去守夜，但對川本先生的私生活一無所知。記得在路上聽同伴們提到夫人才五十七歲，沒有小孩，只有夫婦二人時，我還不由得發出「啊」的驚嘆聲。

只有夫婦二人——。有小孩的人生，想必是豐富盈滿，充滿了各種情感，會發生許多事情。然而沒有小孩，原是陌生人的兩個男女面對著彼此，共度數十年的歲月，這樣的關係想必是極其深厚的吧。

在初夏的茂盛綠意中，寺院內所舉行的守夜，聚集了許多人，走近上香台時，本來打算低頭敬禮就離開，不敢看川本先生的臉。

但還是看到了。見到了面，點頭致意時，和川本先生的目光微微相交。

家人去世，在人前依然要謹守理性，極力壓抑感情，表現出「堅毅地……」的樣子，在這個國家被肯定的「喪事」風景中，我恐怕從來沒有看過這麼露骨地表現出悲傷的成年男性神情。雖然不是嗚咽，也沒有失態，但緊緊握著手帕，露出紅腫眼鼻的川本先生，向我投射而來的，是悲慟到無以復加，瀕臨憤怒般的強烈視線。

啊！這個人，一定和妻子度過了豐足圓滿的時光吧，我擅自推測。想到被留下來的川本先生獨自生活時，我的心就像被針刺一般。川本先生洗衣服時會好好分類嗎？竟然擔心起這樣無聊的事情。

經過不少時間之後，從這本文集我才第一次細細地窺知了惠子女士這樣一位夫人的人品。遠超越我想像的惠子女士（作者以「精靈」形容初相遇時的夫人），是如此美，如此細膩。既擅長做家事，又有卓越的審美能力，完全不是從大白天就像海象那樣躺著，總是做出難吃的料理，又把一切錯都推給丈夫，像坊間典型的那種惡妻。不過，說不定川本先生欣賞的目光，也讓惠子女士更加燦爛也不一定。總之，令我驚訝的是，對夫人的記述之細微，從口頭語、服裝的建議、喜歡的香水、拿手的各種料理、癌末的喃喃話語，全是細細瑣瑣的插曲。雖然也寫到發現癌症之後，夫妻的奮鬥和徬徨，但相較於激昂的陳述，書中那些鮮明、輕快的描寫，才更處處躍動出夫人不凡的人品。

妻子這樣微小的一舉一動、言語喜好，世上的丈夫們有看見，能察覺嗎？實在不可能，如果這本書在夫人生前出版的話，夫人一定會被周遭女性嫉妒。然而，即使細心入微地凝視了妻子的一言一行，在妻子離世之後，依然會感到無比懊悔。真是可怕。

我想人與人之間關係的深度，可能因日常和對方相處時間的多少而有別。兩人從相遇到分離，有時像老夫老妻，有時像小孩一般，那些時光一層一層疊上去。一章又一章，兩人共度的光景片段就像細小的寶石般，晶瑩閃耀。然而太深刻的關係，也令分離格外痛苦。雖然大家都教人要「愛人」，但一旦愛上，又會像贖罪般，必將受到「離別」這相應而生的重大代價所鞭笞。活著這回事真是充滿了矛盾。

愛妻先走，丈夫所要面對的孤獨，就像深不見底的黑暗沼澤一般。不過，如果把與惠子相遇、共度的時間拿掉，我們會羨慕不用經歷這種悲傷的川本三郎的人生嗎？答案，讀了這本書就會明白。

（作者為電影導演，本文原刊登於《波》二〇一〇年六月號）

解說

佐久間文子

《現在，依然想念妳》是川本三郎先生，為五十七歲年紀輕輕就去世的妻子惠子女士所寫的追憶錄。書中〈內人的著作《名為魅惑的衣裳》〉這一篇，提到兩人從一九八〇年代中期開始，每年會到紐約一次，去買有關電影的書和服飾的攝影集，讀到這裡時，忽然想到二十多年前在女性雜誌上看過一篇報導。

我想是旅行特輯沒錯，報導中寫道：「每次去紐約，就會買回一皮箱滿滿的書。」詳細內容已經忘記了，不過時尚記者的頭銜，和裝滿整皮箱的書的畫面成為對照，印象鮮明。去紐約，不是買最新的流行服飾，卻是買書。

當時不知道，照片中眼神英氣逼人的美麗女子，就是川本三郎的夫人。

沉重的皮箱要搬運，想必都是川本先生的工作。兩人出遊旅行的成果之一，就是一九九三年出版的惠子女士的著作《名為魅惑的衣裳》，惠子女士去世後的二〇〇九年，電影旬報社出了新版。衣裳如何讓女明星光輝閃亮？女明星的形象如何隨著時代變化？從好萊塢草創時期到現在（九〇年代）為止，為電影增添色彩的服飾歷史，以及過去不太被凸顯過的、充滿個性的服裝設計工作，一邊介紹，一邊解開祕密。好萊塢黃金時期重金投資的奢華服飾的記述，讀來當然津津有味。七〇年代之後，設計師面臨瓶頸，這樣的切入點也自然會引起大家的興趣。

茱莉亞．羅勃茲（Julia Fiona Roberts）所主演的《麻雀變鳳凰》（*Pretty Woman*，一九九〇年），從妓女變身為淑女的過程，正是服裝設計師展現手腕的絕佳機會，然而茱莉亞．羅勃茲在戲中大秀演技的是一開始的妓女模樣，連實力派設計師瑪麗蓮・文斯（Marilyn Vance-Straker）都無法拿捏得宜，這樣的批評也很犀利。可以看出不同年代的衣裳如何表現角色個性。因為有持續觀看老電影所累積的經驗，才能寫出具有現代眼光的文章。

好衣服要有兩套，可以說是惠子女士在生活中領悟到的智慧。一直繼續穿同一件衣服的話，很快就會穿舊，兩件輪流穿就能持久如新。在特賣會買的 Donna Karan 黑色大衣，川本先生很喜歡於是每天穿，夫人便又買了同品牌的深藍色大衣回來給先生。設計好看又耐穿的 MERRELL 鞋子，看到有同樣款式顏色稍微不同的，也買了第二雙回來。讀到這裡時，真佩服懂得時尚，品味優雅的人。

好衣服要有兩套，這是相對於不停換新衣服的另一種思維。喜歡的衣服珍惜地長時間穿著，衣服會成為那人個性的一部分。衣裳會表現出穿的人的個性，我認為，這在日常生活中也是如此。同樣抱持這種想法的人現在已大為增加，但八〇年代中期以降的日本，追求的是隔年就會消失的流行，我這種想法在促進大量消費的時尚世界絕不是主流。以現在來看，有著那樣先進思維的夫人早早就離世了，實在可惜。

「請盡量回想快樂的事」。當《現在，依然想念妳》在雜誌上連載時，據說川本先生收到朋友的來信上這樣寫著。兩人旅行時的回憶、附近常去的店、寵愛的貓、在許多快樂的回憶中只有夫婦倆才懂的幽默對話，即使是吵架也很快樂。

例如惠子生氣時說出口的「全隊的臉都丟光了」這一句，漫畫《嗚呼!!花之應援團》的口頭語。有一次，接受「家附近的美味店」採訪時，川本先生介紹海苔便當很美味的連鎖便當店。其他受訪者都介紹優雅餐廳或小料理店，只見丈夫一個人提著海苔便當，很開心的樣子，「簡直像說我很少下廚，都不開伙似的。」惠子女士非常生氣地說：「全隊的臉都丟光了。」喜歡做料理的人我想一定會惱火的，但「全隊的臉都丟光了」這句話又帶有溫柔的一面。彷彿一邊生氣，一邊笑著說「真拿你沒辦法」而原諒了他。

給人冷靜美女印象的惠子小姐，擅長模仿賣芭蕾舞和古典音樂會黃牛票的歐吉桑（「買票啊！」、「買票啊！」），或資訊工程學者金子郁容的特殊表情，這些都令人意外，也充滿歡笑。川本先生在旅途中吃到的立食蕎麥麵太難吃了，聽過幾次後惠子說：「我也想吃那難吃的麵！」一起去吃了後，同意地表示：「比聽你說的更難吃啊。」我也喜歡這段故事。確實，比起吃了奢華美味東西的故事，不如說那真難吃、好倒楣，這樣的事情永遠都會笑。說到失去伴侶，就是這種沒什麼重要的小事也能永遠笑翻的對象不在了，特別令人傷感。

川本先生在一九六〇年代末到七〇年代初，回憶自己剛出道當記者的著作《我愛過的那個時代》（平凡社，中文版由新經典文化出版）中出現「哭泣的男人」的故事。堂堂把哭泣的男人的姿態暴露出來，就像創造了新男性印象的美國新電影主角那樣。與「哭泣的男人」川本先生相對的是，小七歲的惠子小姐是「不哭的女人」。在結婚典禮中落淚的是新郎，看電影《二十四之瞳》幾乎從頭哭到尾的是丈夫，妻子則模仿秋田縣方言語氣笑著說：「愛哭的孩子在哪裡呀？」

依賴別人不是好事，被告知得癌症了依然開朗堅強，反倒回頭鼓勵比較內向保守的川本先生。因此惠子小姐去世的那年春天，一邊看著新綠和遠方駛過的中央線電車，一邊安靜地流淚。那天的回憶，格外令人心疼。

兩人是在一九七一年相遇。擔任週刊記者的川本先生，採訪了當時是武藏野美術大學學生的惠子小姐有關大學學運的事，因此結緣。有一次，話題談到NHK的電視節目《全壘打教室》，川本先生唱起主題歌中的「兩好球，無壞球」時，惠子小姐就接著唱「保持微笑就不會輸」，兩人的距離因此拉近了。

第二年一月，川本先生因為採訪，涉入公安事件遭到逮捕，被朝日新聞社懲戒免職。本來已說好要結婚的，川本對惠子表示想要取消婚約，當時二十一歲的她回答：「我並不是要跟朝日新聞社結婚。」後來，被年輕朋友問到結婚的事情時，據說她笑著說：「那時候他孤身一人，沒辦法拋棄他啊。」

在《我愛過的那個時代》中惠子小姐沒有出場。大家都離開川本時，原來還有「兩好球，無壞球」在背後悄悄鼓勵著他，我讀了《現在，依然想念妳》才第一次知道。

追憶錄不是依照時間序列，而是一邊想起各種事情一邊來回編織下去。例如黑澤明的《紅鬍子》、吉田秋生的漫畫《海街日記》、妻子先過世的未成名詩人伊藤茂次的詩集等，對妻子的懷念，很多是透過喜歡的電影或文學作品的引用來述說的。例如電影《東京物語》中妻子去世的笠智眾，對著附近的老闆娘喃喃說著：「我常想，早知道會這樣的話，她生前要是對她再體貼一點就好了。」

二〇一〇年單行本出版，接受報社採訪時，川本先生一直說，寫的都是私人的事情真不好意思，他說：「感覺好像在寫給妻子的道歉信似的。」在與病痛苦鬥的妻子身邊，健康的自己活在日常的時間裡，什麼都無法為她做，覺得好難過，有時會掉眼淚。

書中有令人印象深刻的場面。惠子夫人去世兩個月左右，夏季的某一天裡，附近豆腐店的老闆娘問起：「最近怎麼沒見到你太太？」他回答：「她六月時去世了。」老闆娘摘下頭上的頭巾深深一鞠躬，好像電影中的一幕那樣簡短的對白。「有鄰居記憶中的內人，讓我深感欣慰。」川本先生寫道。透過親戚、朋友和認識的人的記憶，把過去無從開口的感想一一確認，陸續寫出。以服喪般的心情寫下的《現在，依然想念妳》，是再現共同度過漫長時間、無可取代女子身影的動人述寫。

二〇一二年九月

（本文作者為新聞工作者）

文學森林 LF0150

現在，依然想念妳

いまも、君を想う

作者

川本三郎（Saburo Kawamoto）

一九四四年生於東京，畢業於東京大學法學部。曾任《週刊朝日》、《朝日雜誌》記者，之後離開報社轉為自由文字工作者。持續筆耕四十餘年，作品以文藝評論、電影評論、翻譯及隨筆為主，創作質量兼備，甚至跨足鐵道、旅遊等各項領域。並早在八〇年代便以敏銳的感受力與獨到眼光，引介剛出道的村上春樹。特別喜歡楚門．卡波提，翻譯其作品無數。

長年鑽研永井荷風與林芙美子作品，曾拿下五座文學評論獎。以《大正幻影》榮獲三得利學藝獎、《荷風與東京》獲讀賣文學獎、《林芙美子的昭和》榮獲桑原武夫學藝獎和每日出版文化獎、《白秋望景》獲伊藤整文學獎。其他著作尚有：《我愛過的那個時代》、《遇見老東京》、《少了你的餐桌》、《然後，明天繼續下去》、《川本三郎的日本小鎮紀行》等。

譯者

賴明珠

一九四七年生於台灣苗栗，中興大學農經系畢業，日本千葉大學深造。回國從事廣告企畫撰文，喜歡文學、藝術、電影欣賞及旅行，並翻譯日文作品，包括村上春樹與谷崎潤一郎的多本著作。

封面設計　洪愛珠
版權負責　陳柏昌
行銷企劃　楊若榆
副總編輯　梁心愉

初版一刷　二〇二一年十月二十五日
定價　新台幣三〇〇元

ThinKingDom 新経典文化

發行人　葉美瑤
出版　新經典圖文傳播有限公司
地址　10045臺北市中正區重慶南路一段五七號十一樓之四
電話　886-2-2331-1830　傳真　886-2-2331-1831
讀者服務信箱　thinkingdomtw@gmail.com
臉書專頁　http://www.facebook.com/thinkingdom/

總經銷　高寶書版集團
地址　11493臺北市內湖區洲子街八八號三樓
電話　886-2-2799-2788　傳真　886-2-2799-0909
海外總經銷　時報文化出版企業股份有限公司
地址　桃園市龜山區萬壽路二段三五一號
電話　886-2-2306-6842　傳真　886-2-2304-9301

現在，依然想念妳／川本三郎著；賴明珠譯. -- 初版.
-- 臺北市：新經典圖文傳播有限公司, 2021.10
208面；19×13公分. --（文學森林；LF0150）
譯自：いまも、君を想う
ISBN 978-626-7061-01-5（平裝）

861.6　　110017205